Himmelsprotokollet
och låtsasriket

Omslagsbilden "himmelsljus" är tagen av författaren.

Leif Dernevik

Himmelsprotokollet och låtsasriket

Några separata berättelser

© 2020 Dernevik, Leif
Förlag: BoD – Books on Demand, Stockholm, Sverige
Tryck: BoD – Books on Demand, Norderstedt, Tyskland
ISBN: 9789179697822

Innehållsförteckning

Himmelsprotokollet

Thomas var en skötsam ung man, och han var snäll också. Hans yrke var tjänsteman på försäkringskassan, och han var mån om att behandla sina klienter med största möjliga rättvisa. Belåten satt han i sin bil på väg hem från jobbet. Bilen var en röd VW Polo, så den var inte särskilt märkvärdig. Han körde lugnt i staden och gav akt på skyltarna med hastighetsbegränsning. Han körde rätt försiktigt förbi en skola, och när en boll kom rullande över trottoaren ned på gatan, bromsade han genast in. Mycket riktigt, efter bollen rusade ett barn utan att se sig för. Hade han kört för fort så kunde han ha kört på barnet. Nu bromsade han lagom mycket och kunde stanna utan att nudda pojken. När denne förskräckt tittade upp, viftade han varnande med pekfingret. Vad som förstås inte Thomas hade en aning om var att det rasslade till i ett slags kassaregister, som helt osynligt befann sig en mil ovanför molnen. Det var pluspoäng som bokfördes på hans konto. Under de år som gått sedan hans myndighetsdag hade både pluspoäng och minuspoäng registrerats på honom, liksom på alla andra vuxna människor.

Teologerna, som talade om gud varje söndag, hade helt missat denna himmelska bokföring. Att "Gud" såg och visste allt, pratade de gärna om, men att det förutsatte en massa bokföringsarbete av en trägen arbetsstyrka var det ingen som nämnde något om. Och så mycket "Gud" måste läsa på! En massa relativt mänskliga varelser satt och förde in resultaten i långa listor. Men vilka var de egentligen? Var de änglar? Var de ämbetsmän? Sedan måste poängen räknas ihop, minuspoäng drogs från pluspoäng och återstoden sattes in i tabeller och redovisades över tid. Många var det som satt och ritade kurvor och diagram hela dagarna.

Hoppsan, nu slängde Thomas ut ett bananskal genom fönstret, så att ett ynka minuspoäng uppstod, men det måste behandlas och redovisas det också. En hand vred en räknesnurra runt ett varv. Allt sköttes mycket diskret och helt osynligt från jorden.

Det finns förstås ingen riktig rättvisa på jorden. Trots att Thomas var en sådan fin kille, så gick det illa. Han körde veckan efter på en trottoarkant rätt så hårt. Inget farligt hände dock, trodde han. Men det blev en bubbla i däcket, som förstorades undan för undan. Just när det gick lite fort i en kurva exploderade däcket. Bilen krängde till och for över mittlinjen för att mosas av en mötande långtradare.

Det var mörkt i hans medvetande under många dagar. Det var inte förrän vid begravningen som han började vakna till lite gradvis. Det blev ljust omkring honom, och han började urskilja själva begravningsplatsen. Som när molnen skingras började han se den öppna graven ovanifrån, sörjande människor stod runt omkring, det fanns blommor och kransar. Instinktivt visste han att hans döda kropp låg i kistan. Själv var han viktlös och osynlig och svävade utan ansträngning ett hundratal meter ovanför alltsammans. Allteftersom ceremonin gick mot sin fullbordan steg han utan någon ansträngning högre och högre uppåt. När graven var igenfylld, såg han landskapet långt under sig. Luften blev tunnare, men det märktes inte några andningsbesvär, nej för han behövde inte ens andas. Han började se upp mot himlen dit han var på väg.

Jag, Thomas, känner tydligt att jag har en resa med ett bestämt mål. Vad det är behöver jag inte bekymra mig om nu, för jag vet att jag kommer att hamna på rätt plats. Först är det som att åka hiss, sedan kanske som att färdas i en rullstol eller liknande. Först fanns bara moln, sedan ett stort grått hus och slutligen ett väntrum. Jag fick ta en kölapp, men kunde inte se själva numret. Jag satt och väntade och kände hur tiden upphört. Väntan kunde ha varit tio minuter eller 500 år. Ingenting spelade någon roll, jag hade ingen tid att passa, behövde inte äta, sova eller gå på toaletten. Först verkade det bara vara som en diffus dröm, men efterhand blev konturer och bilder klarare. Jag förnam golv, väggar och tak, gamla Jesusbilder och krucifix, en karta över Småland och ett bord med vattenkaraff och tolv glas. Det fanns också andra väntande som jag bara anat, men de fick substans, kroppar och ansikten och blev mer och mer verkliga. Om de kunde kallas för människor vet jag inte, kanske själar vore en bättre beteckning. Jag lyfte min hand och tittade på den. Den hade tidigare varit som en skuggbild, men såg nu ut som en riktig hand, som jag kunde röra viljemässigt på. Jag förde den till munnen och bet till och noterade med tillfredsställelse att det gjorde ont. Nu kändes det också i ryggen att jag satt lutad mot en ganska hård stolsrygg. Jag kände ingen otålighet och varken glädje eller sorg och definitivt ingen rädsla. Allt skulle gå rätt till, det kände jag. Det var klart för mig att jag var föremål för någon ämbetsutövning, och detta hade jag en intuitiv förståelse för.

Personer började prata lågmält, men jag föredrog att tiga och vänta. Nu kunde jag se siffror, och mitt nummer, som jag nu plötsligt kunde se, kom upp på en tavla bredvid dörren, så jag reste mig och gick fram. Dörren öppnades och en äldre dam i vit rock, med vitt hår och vänliga ögon kom fram mot mig, tog mig i hand och önskade mig välkommen. Vi gick in på kontoret. Där fanns flera stora pergamentbuntar med anteckningar om mig, och det fanns ett tjockt dokument med titeln Räkenskaper, och där fanns alla mina poäng ihopräknade. Hon log milt när jag undrade hur man hade kunnat hålla räkning på allt detta.

- Det är många som har hjälpts åt, sa hon. Du kommer att förstå mer och mer undan för undan. Vår närmaste uppgift just nu är att finna en sysselsättning för dig, som du förstår medför alla dessa dokument mycket pappersarbete och bokföring. Men jag undrar om inte administration skulle vara något för dig att ta tag i, jag tänker på dina erfarenheter på försäkringskassan?

- Men säg mig nu först var jag befinner mig. Är det himlen? Kommer jag att träffa Gud?

- GUD ja, det är ju i GUD du befinner dig. Det är naturligtvis ingen person med det namnet, det är bara en förkortning av /den/ Goda Uppbyggnadens Departement. Vid tillfälle ska du få en föreläsning om hur det är uppbyggt, men vi måste nu först koncentrera oss på det praktiska.

Hon tog fram en stor plansch och visade mig. Det var en sammanfattning av departementets uppbyggnad, och det såg mycket komplicerat ut. Om jag förstod allt rätt så var det kontor där vi nu befann oss allra längst ner på planschen, nära högra hörnet. Jag skulle tydligen få ansvar för bokföring av omkring 200 personers meriter och skulder. Varje dag skulle jag börja med att tömma varje persons postfack och ta rätt på noteringar om plus- och minuspoäng, som influtit sedan föregående dags morgon. Jag skulle räkna ut nettopoäng och konstruera stapeldiagram. Det var inte helt främmande arbetsuppgifter för mig, eftersom jag hade haft som uppgift att sammanställa statistiska sammanfattningar på mitt gamla jobb.

En annan person kom och ledsagade mig till det som skulle bli min arbetsplats. Det verkade vara ett mycket lugnt ställe. Han visade mig min arbetsplats, postfack och hur redovisningen skulle gå till. Medan jag satt och funderade över allt försvann han spårlöst.

Jag gjorde mitt jobb mekaniskt, det var ingen glädje och heller inte någon stor belastning. Det kändes som om jag inte hade någon personlighet längre, allt gick mekaniskt. Perioderna med arbete växlande med perioder då jag låg och vilade i ett helt vitmålat rum med en enkel brits. Det hade kunnat vara ett fängelse. Det hade kunnat vara en dröm. Jag hade flera arbetskamrater, men det kändes som om vi hade ett rätt stort avstånd till varandra, och ingen visste egentligen hur deras arbete fungerade i ett större sammanhang. Skulle det bli någon förändring, skulle vi få mer insikt om hur denna värld fungerade?

Jag träffade ofta en kvinna, som verkade vara i min ålder, och som kände sig lika vilsen som jag. Det var bara henne, som jag fick en slags gemenskap med. Vi kände båda att det var som om vi sysslade med någon slags terapi i väntan på att få insikter om den värld vi nu befann oss i. Skulle man kunna kalla den "Den övre världen"? Hon sov också i en vit kub liknande min.

En gång fick jag en djärv idé. Jag föreslog att vi skulle försöka ha sex och se hur det kändes. Hon tittade allvarligt på mig och god stund, och nickade sedan och samtyckte.

Vi gick in i min kub och där fick jag klä av henne hennes kläder, som var en mantel och därunder ett par formlösa tyger virade runt hennes kropp. Jag tog av henne allt och började känna på hennes kropp. Jag kände igen känslan i fingrarna av att ta i en kvinnas nakna kropp, men ingen av oss blev särskilt upphetsad. Jag klädde av mig själv mina primitiva kläder, och försökte få stånd. Till slut blev det ett slags stånd, och jag trängde in i henne utan svårighet, och utan att det kändes särskilt bra för någon av oss. Efter en stund slaknade jag, och då försökte jag stimulera henne med fingrarna och sedan med tungan. Hon bad mig att inte ge upp utan att vara riktigt ihärdig. Till slut fick vi erfara en slags lättnad, och jag tror att vi somnade tillsammans. Efteråt kom vi överens om att göra om försöket efter att det gått en tid. Vi hade båda märkt att omgivningen gradvis började kännas mer påtaglig ju längre tid vi vistades i GUD. Vi hoppades att sex skulle kännas lite verkligare längre fram.

SS uppenbarar sig

Det var oro i luften en dag. Vi skulle få besök, ryktades det. Så kom de. Det var allvarliga ansikten, uniformer som gick i svart, som omväxling mot allt det vita vi var vana vid. De var som könlösa, men vi antog att de var män. På axelklaffarna stod det SS, och vi fick besked om att det betydde SjälaSökarna. Naturligtvis hade de inte vapen, men alla bar på varsin stav av obestämt material. Den liknade en batong. Hela byggnaden ockuperades, vi ropades upp och delades in i grupper som skulle ha samtal eller var det förhör? De var både effektiva och auktoritativa. Det tillkännagavs att de nu sökte efter alla nyanlända. Nyanlända, var hade jag hört det uttrycket förut? Jag blev som nyanländ invinkad till ett kontor för samtal med en SS-man, som verkade vänlig, men samtidigt var han rätt sträv och auktoritativ. Han förhörde sig mycket noga om min nuvarande sysselsättning med individuell statistik, hur jag klarade av det, om jag tyckte om det, om det var något jag saknade eller önskade mig. Jag förklarade att arbetet var ganska lätt, tiden verkade vara oändlig, så det fanns ingen risk att jag inte skulle hinna med mina uppgifter. Men tillvaron var så tom, var fanns personlig tillfredsställelse, gick det inte att ha roligt här? Man fick ju inte ens någon god mat, och sova var ingen större njutning, man bara förlorade medvetandet för en obekant tidsrymd. Jag hade inga riktiga vänner, fast jag hade försökt bli rätt nära vän med en kvinna, som arbetade i en angränsande kub. Det här kunde absolut inte vara himlen, men kanske var det skärselden, undrade jag.

Han bad mig ha tålamod. Det här var litet av en testperiod. Jag måste veta vad jag behövde utföra, och jag behövde en vilja att utföra mina uppgifter väl. Han skulle se över mina resultat, och om de, som han trodde, skulle vara helt godkända, så skulle mina levnadsvillkor uppgraderas till en högre nivå, så att jag skulle kunna uppnå mer personlig tillfredsställelse på nästa plan.

- Jaså, folk här har olika goda omständigheter, undrade jag. Det är alltså ett slags klassamhälle?

- Nej, inte alls ett klassamhälle, snarare ett nivåsamhälle, förklarade han. Det fanns så många nivåer att man också kunde likna tillvaron vid en lång trappa. Jag passade på att fråga om Gud fanns, men han blev bara förbryllad och verkade inte riktigt förstå frågan.

- Gud är vi ju alla här tillsammans, förklarade han.

- Men departementschefen då, undrade jag. Är han den som kallas vår Herre i religiösa sammanhang?

- Religiösa är vi inte längre häruppe, förklarade han. Religion var bara en tröst för folket.

Här är en tillvaro som inte har några brister. Glädjeämnena ser du nog inte ännu, men de kommer med en högre grad av mognad. Du är ännu bara som en liten äpplekart. Du ska bli större, rundare, rödare och sötare med tiden.

Samtalet fortsatte tills jag kände mig helt tömd, tom, hjärntvättad och i viss mån renad, något litet upplyst, och med visst hopp om att något bättre väntade mig.

Glenn Sjöstrand

Jag hade dött och kommit till något nytt ställe, men ett paradis var det sannerligen inte. Vad kunde bibeln säga om livet efter detta? Det var ju något som man hört präster tala om gång på gång, men nu ångrade jag att jag inte hört på tillräckligt bra. Måste få titta i en bibel, tänkte jag.

Ja visst fanns det en bibliotekarie här. Många hade nämnt honom, och jag visste ungefär var jag skulle hitta hans bibliotek. Så jag gick från korridor till korridor och letade efter Upphöjda Biblioteket, eller UB som det förkortades.

Kan det verkligen vara sant, undrade jag när jag hittade biblioteket och såg föreståndaren. Han presenterade sig som Glenn Sjöstrand från Göteborg. Han var klädd i en vit mantel, verkade vara i 70- årsåldern, och hade lite vitt hår på sidorna av huvudet, men var blank och skallig upptill. Försöker han se ut som en patriark?

Han såg beklagande ut när jag frågade efter en bibel.

- Nej, tyvärr, sa han. Den boken hör till de utsorterade böckerna. Den betraktades som olämplig.

- Men varför?

- Du får försöka förstå mig, för det här är bara mitt eget beslut. Det finns bibliotek på övriga nivåer också, och där kan det vara annorlunda. Nå, bibeln talar ju om Gud som om det vore en enda person. Och vad är det för person? Han tillskrivs ofantlig skaparkraft, men samtidigt skildras han som en liten gnällig gubbe. Tänk på universums storlek, vintergatan, fjärran galaxer. Oräkneliga planeter runt miljarder stjärnor. Gravitation, kosmisk strålning, planetbanor, kometer som svischar förbi. Mörker, ljus. Detta till synes oändliga universum är ändå bara en obetydlig del av all materia som finns, 70 % är osynlig mörk materia, eller med andra ord svarta hål. Det är ju oerhört mycket att hålla reda på. Ändå ger bibeln sken av att han har tid att intressera sig för varje enskild liten ynklig människa. Man ska prisa och lova gud dagligen. Är han så fåfäng? Vad händer annars, blir

12

han sur? Bibeln får en att tro att han måste ha beröm av varenda människa flera gånger om dagen, annars blir det inte bra. En sådan skapare, och ändå förminskas han till en liten gnällig gubbe. Nej, det är klart att en sådan bok vill vi inte ha här. Jag väntar på att någon av våra begåvade invånare här ska skriva Den Nya Bibeln. Om vi på denna plats kan få fram en perfekt ny version, så får någon stiga ned till jorden och överlämna den till människorna. Men varför säger jag stiga ner? Stiga är ju en uppåtriktad rörelse. Det ska förstås vara sjunka ned till jorden. Nedstigen är faktiskt också ett felaktigt uttryck som står i bibeln, och verkligen något som måste rättas till.

Bibliotekarien verkade för inspirerad av sina egna idéer och kunde inte sluta sin föreläsning. Jag urskuldade mig och nappade till mig en deckare av Stig Trenter och gick skyndsamt därifrån.

SS kommer igen

Jag kom till jobbet en dag, direkt från min lilla sovkub, och märkte att det återigen var lite oro i luften och kanske ett uns förväntan. Några tittade på mig med undran, och andra vek undan. Snart kom en man som brukade titta på mina sammanställningar, även om jag inte upplevt honom som någon chef.

- SS har varit här och sökt dig, sa han. De kommer nog snart tillbaka. Han vände på hälen och gick till sin arbetskub. Jag försökte sortera mina pergament och få något vettigt gjort, medan jag samtidigt lyssnade på om något hände runt omkring mig.

- SS! viskade någon med undran eller skräck i rösten. Och verkligen, var det inte stöveltramp? I alla fall inte några steg från blyga fötter. Jag vände mig snabbt om och stod plötsligt öga mot öga med två SS-män. De såg uppsträckta och högtidliga ut, och deras tidigare stränga ansikten hade plötsligt något fryntligt över sig. Tecknet SS blänkte på

13

deras axlar, och det satt några gradbeteckningar på ärmarna. De sa inget på en stund, men deras ögon gled systematiskt över hela mig. - Ja minsann, där är han ju! Det är lille Thomas som inte ser så mycket ut för himlen, men som gjort ett anmärkningsvärt bra jobb här uppe. Så sa den kraftigare av dem och brast ut i ett brett flin. Den andre nickade bekräftande. Stämningen blev genast en annan och tryggare. Vi har kommit för att belöna dig och förflytta dig. Men inte ensam! Du har sysslat med lite aktiviteter av ganska jordiskt slag med en kvinna i din närhet, Veronika heter hon visst. Ja, se inte så rädd ut, det är helt OK, inget farligt kan nämligen hända. Han skrockade förnöjt. Du ska få ta henne med dig, sa han och nickade till sin hjälpreda. Denne gick sin väg med raska steg medan vi väntade. Snart kom han tillbaka hållande Veronika i ena armen, och det såg ut som om hon inte visste om hon blev medsläpad med tvång, eller om hon eskorterades med artighet. Hennes kropp var omsvept av ett färglöst tygstycke som hölls ihop med en enda nål. Hon fick syn på mig och tappade hakan av förvåning, samtidigt som hon såg lättad ut.

- Veronika, sa jag, vi ska visst få vara tillsammans. Hon gjorde stora ögon men sa ingenting. Tigande gick vi tillsammans ut i den ödsliga korridoren.

- Stå stilla nu! Han gick fram till väggen och tycktes ta mått med ögonen. Sedan lyfte han sin batongliknande stav som alla SS- män bar på. Han förde den som längs konturerna av en osynlig dörr. Helt oväntat för mig så slogs dörren upp och visade en bred trappa, som gick uppåt. Med en SS-man i täten, och den andre i kön, gick vi försiktigt uppåt. En dörr till öppnades, och så var vi plötsligt på ett högre våningsplan.

- Var så goda, sa den talföre av SS-männen. Vi är inte klara därnere ännu, men nu klarar ni er säkert själva. Följ bara korridoren till vänster och slå er ner i soffgruppen, som ni finner i det första rum ni kommer till. Vi tittade nyfiket åt rätt håll, och när vi vände oss igen var SS-männen borta liksom hela dörren. Det var bara en slät vägg bakom oss.

Vi fann rummet de talat om och satte oss i soffan tätt tillsammans. Det var en rätt bekväm soffa klädd med manchestertyg med ett par röda kuddar på sidorna. Rummet var som ett vardagsrum i en villa fast fönster saknades. Det fanns ett soffbord, två fåtöljer, en bokhylla och ett stängt skåp. Det fanns en dörr som vette åt ett annat håll, och svaga röster hördes genom dörren. Som vanligt var det som om tiden stannade, och vi hade ingen aning om hur länge vi satt där utan att bli uttråkade, hungriga eller törstiga. När dörren öppnades var det en rätt ung man i blå jeans och kortärmad beige skjorta som kom fram till oss.

- Thomas och Veronika? frågade han. Ja, det är bra. Ni är väntade och ni kan komma med mig. Han förde oss genom olika korridorer, och under tiden såg vi enstaka gestalter röra sig utan att vi kom nära någon. Han stannade framför en dörr där våra namn stod på en enkel papperslapp upptejpad mitt på dörren.

- Varsågoda, sa han artigt, slog upp dörren och gjorde en inbjudande gest. Här ska ni bo åtminstone den närmaste tiden. Vi såg till vår förvåning ett rätt stort sovrum med dubbelsäng, mjuka mattor, bord, stolar och skåp. Garderobsdörrar verkade finnas på ena väggen. Det fanns till och med ett fönster. Vi tittade ut men såg bara moln. En dörr stod lite på glänt, och vi anade ett badrum. Ni kommer att få besök av en äldre värd, som vet mycket mer än jag, forsatte ynglingen. Han får förklara allt för er. Ni kan koppla av en god stund så får ni träffa honom senare.

Han försvann snabbt, och vi undersökte vad som fanns i vårt nya rum. Veronika var så gott som naken, men i en garderob fanns en enkel med prydlig klänning i hennes storlek. I en låda fanns underkläder. Jag fann också lite herrkläder, som skulle passa mig. Blygsamma, men helt ok. Vi fann toalettartiklar och såg att badrummet var skinande rent och inbjudande. Vi skulle kunna göra oss i ordning för nästa sammanträffande, men nu hade den breda sängen en särskilt stor lockelse för oss. Vi hamnade där. Våra kroppar attraherade varandra, och snart tog jag henne bestämt på sängen inspirerad av hennes nakenhet. Vi märkte genast att våra kroppar fungerade mycket bättre än tidigare, känsligheten på erotiska ställen var på topp, och det gick fint för oss båda. Allt hade känts som det skulle, så hur hade denna märkliga förbättring skett? Vi hoppades att den person som skulle komma för att träffa oss skulle kunna förklara det.

På något sätt anade vi att det var beräknat att vi skulle hamna i säng tillsammans och prova den erotiska njutning, som vi varit avskurna från ganska länge. Vi badade därför i lugn och ro, gjorde oss rena och fina och klädde på oss. Veronika såg alldeles fantastiskt ut i den enkla klänningen, som passade henne som hand i handske, och som smet åt läckert kring höfterna. Hon beklagade att det inte fanns något smink här, men jag kunde bara konstatera att smink var något helt onödigt i hennes fall. Lite oroliga var vi för att vi kanske måste formalisera vårt förhållande, som vi antog var känt av de ganska anonyma makthavarna på detta ställe.

Efter ett tag kom en diskret knackning på dörren.

- Kom in, ropade jag och dörren öppnades. Mannen stannade på tröskeln och bugade lätt.

Han var lite rundnätt, klädd i en sliten frack och hade bakåtstruket ljust, nästan vitt, hår. Det var väl inte en rundkrage som på en präst jag såg? Nej, det var nog bara en vanlig vit skjorta som slöt tätt om halsen. Han hälsade oss välkomna och hoppades att vi hade det bekvämt.

- Ja tack, svarade vi båda. Vi tackar för det fina rummet, fortsatte jag, men nu skulle vi gärna vilja veta varför vi har blivit flyttade, och vad det är meningen att vi ska göra på det här nya stället.

- Då slår vi oss ner och diskuterar det genast, sa nykomlingen och vinkade inbjudande mot stolarna runt ett ovalt bord. Vi satte oss ner. Han såg från den ene till den andra med ett vänligt leende.

- Ni har skött er alldeles förträffligt på undervåningen och har gjort er förtjänta av både belöning och kanske ett mer stimulerande arbete. Jag har förstått Thomas, att arbetet här kanske var lite för likt det du hade på försäkringskassan, och att du inte får användning för hela ditt intellekt. Nu har vi tänkt att du skulle få ett rörligare arbete och kunna se dig om på jorden, hur låter det? Thomas nickade förväntansfullt. Vi kommer att sända dig till jordens omedelbara närhet för att du ska ta hand om själar som nyss har dött. Vi känner något så när till olika personers psykiska tillstånd i förväg, och jag ska säga dig att det finns de som blir vettskrämda när de förstår att de har dött. De vaknar till

16

med full panik en bra bit ovanför kyrkogården där deras kropp begravs, och vissa reagerar med panik och förtvivlan. De får svindel, blir åksjuka, och du kan kanske inte tänka dig allt elände som plötsligt drabbar dem. Då dyker du upp bokstavligen som en räddande ängel! Det varierar från fall till fall, men ibland får du faktiskt ha på dig änglavingar för att kunna lugna dem effektivt. Sedan följer du dem lugnt och fint på deras resa upp till allmänna mottagningen vid ingången till Ovanförlandet. Där kan du tryggt överlämna dem t ll den jourhavande mottagningspersonalen på plats. Folk dör precis var som helst, så du kommer att få se en massa olika platser, bara ovanifrån förstås. Han lutade sig bakåt och slog ut med armarna i en gest som skulle illustrera den stora variation man kunde föreställa sig.

- Och jag då, frågade Veronika.

- Ibland kan du vara med och hjälpa Thomas. Det finns tillfäl en då folk har dött i stora grupper, i krig och katastroftillstånd, och då kan ni behöva vara två. Annars kan du ibland sitta med vid dödsbädden, som en osynlig ängel hos människor som inte har några anhöriga hos sig. Vi har noterat att du är en mycket empatisk kvinna, så det jobbet är som klippt och skuret för dig. Men det räcker nog för idag, imorgon ska ni få gå på en grundlig föreläsning som beskriver alla mekanismer v d upptagningen av själar till oss. Troligen har ni nu några praktiska funderingar på hur ni ska inrätta er här.

Vi började genast fråga om vad som hände med de få ägodelar som vi inte fick med oss. Om vi skulle få mer kläder än en enda uppsättning, vad som fanns i den omedelbara närheten, och om vi måste genomgå någon slags vigselceremoni för att få bo ihop. Skulle det bli nödvändigt att tillkalla en präst?

Vår informatör skrattade lite.

- Nej, präster har vi inga här, eftersom det inte existerar någon religion. Allt sådant hör till ett tidigare stadium. Alla religioner sysslar med tro, och om att tillbe någon form av skapare. Tro behövs inte här. Här gissar vi inte längre, utan det som finns, det finns. Vi har ingen gud i form av en personlighet med stor makt. Makten är uppdelad på många funktionärer. GUD är som ni nu vet ett stort departement med en mängd befattningshavare. Är ni möjligen lite ängsliga för att ni nyss har haft sex och befarar att det kan bli repressalier för det? Naturligtvis vet jag om det. Men jag kan helt lugna er på den punkten. Eftersom ni kom upp en våning så har vi också uppgraderat era kroppsliga fodral, som innehåller era själar. Det som tidigare bara var ett tunt köttlager är nu betydligt fylligare, så att en realistisk kroppskänsla finns så djupt in som i vaginans innersta. Nu kan ni ha nöje av sex, och ni får gärna njuta av det så ofta ni vill. Ta det som en belöning för ett bra jobb. Några äktenskap behövs inte här. Vad är ett äktenskap, varför skulle en präst uttala välsignelse över ett par och skrämma dem med gud, och samhället stifta stränga lagar omkring paret? Jo, enligt gammal tradition gällde det att binda mannen ordentligt vid hustrun och barnen så att dessa svagare parter inte övergavs. Mannen hade plikten och privilegiet att arbeta så hårt som behövdes för att kunna försörja sin familj. Hustrun hade plikter mot familjen, och barnen hade skyldigheter mot föräldrarna. Begreppet äktenskap blev så överreklamerat att homosexuella till slut fick rätt att gifta sig, trots att deras samvaro aldrig kunde resultera i barn, åtminstone inte på naturligt vis. Det innebar förstås en övervärdering och missuppfattning av äktenskapet. Han skrattade lite och ryckte på axlarna. Här uppe har kvinnan inga menstruationer och kan inte heller bli med barn. Detta är inte platsen där barn ska födas. Folkmängden på det här stället ökar inte för att människor föds utan för att människor dör.

Första uppdraget

Veronika såg Thomas ligga alldeles stilla på dubbelsängen. Hon kunde inte låta bli att stryka med handen över hans bröstkorg. Han andades troligen, men så svagt att det inte märktes. Hjärtslag fanns nog om hon hade instrument för att lyssna efter dem, men de skulle förstås vara mycket glesa. Han var som en björn i ide. Kroppen låg där men det var ingen hemma i den. Hon visste att han var borta på uppdrag. Sedan lät hon sin hand smeka de båda fasta och muskulösa låren. Sedan drog hon ned lakanet och betraktade den slappa penisen som låg mot låret. Om hon rörde den skulle den inte reagera det minsta. Hon drog en djup suck av saknad och gick ut ur rummet.

Thomas fladdrade fram och tillbaka. Han kände sig lätt och substanslös, men samtidigt lite lycklig. Första uppdraget! Det kändes stort även om det bara var ett övningsuppdrag. Han skulle bistå en själ som inte var i verklig nöd, men på något sätt måste man ju lära sig. Han navigerade med viljekraft, och manövrerade med tankeknep, som han haft en vecka på sig att lära sig. Hela Sverige låg under honom som en stor karta. Han måste ner på låg höjd och hitta rätt. Han måste hålla tiden. Det var en begravning han var på väg till. Han lade sig i en brant dykning. Kartan blev mer och mer detaljerad ju lägre han kom. Han provade branta svängar. Sedan frestades han att pröva en looping, men avstod klokt nog. Han hade ju många gånger drömt om att lära sig flyga! Kändes det inte lite grann som lock för öronen? Nej visst, det var ju omöjligt. Öronen låg kvar hemma på sängen på kudden. Ytterligare dykning och en mental ansträngning för att navigera in över kyrkogården i Skänninge, som han tydligt såg strax efter att han fått syn på vattentornet. Han följde vägen mot Vadstena och kom ut ur skogspartiet. Nu måste han hålla höjden och placera sig mitt över kyrkogården. Men där fanns folk, något pågick, och där, där var den öppna graven han hade sökt efter. Prästen pratade som präster hade för vana, och då och då lyfte han teatraliskt blicken mot himlen. Första gången ryckte Thomas förskräckt till, men lugnade sig snart. Han var givetvis fullständigt osynlig.

Nu var det dags för nästa fas, en mental scanning efter en fri själ, som förväntades vara lokaliserad rakt ovanför den nygrävda graven, men höjden ovan marken var lite osäker. Thomas tog också riktmärke på graven och sökte av området från låg höjd till allt högre. Snart nog fick han napp. Den nyutsläppta själen befann sig nu bara några meter från honom. Han såg naturligtvis ingenting alls, men närvaron kunde kännas tydligt. Försiktigt kretsade Thomas runt den nya själen och bestämde hans plats exakt, sedan började han försiktigt känna av själens tankar och känslor. Han gjorde sin utvärdering i lugn och ro innan han tog kontakt.

Flera främmande känslor strömmade in i hans medvetande. Han kunde uppfatta en viss del skräck, sedan stor förvåning, lite lättnad, nyfikenhet och nyväckt hopp. Den andre hade inte märkt Thomas närvaro ännu. Thomas började nu rikta tankar mot den andre, övertygande tankar att denne inte var ensam, att det fanns ännu en själ alldeles intill.

Det gick en skälvning genom den andra själen, en stor fråga tycktes formulerad: är det någon här? Nära mig?

- Jag är här. Jag har varit människa som du. Ännu är jag människa i någon mening. Tillvaron slutar inte i gravens mörker. Jag är här för att ta dig till en bättre plats. Thomas tankar omringade den andre. Han önskade att han fysiskt kunde lägga sin hand på den andres axel, men det var omöjligt. Han kände dock ett ökat lugn från den andre.

Suget uppifrån blev starkare eftersom graven var igenskottad. Nu gällde det att inte komma ifrån varandra. Han höll sig mycket nära den andre, så att denne skulle känna hans närvaro. Det fungerade. Thomas uppfattade större mått av lugn, och minskad skräck. Trots att han inte hade ögonen med sig tog själen in omgivningen som en bild i 360 grader, fast kanske inte så skarpt som om man hade kunnat använda ögonens linser. Åkrar och skogsdungar omkring kyrkogården tog mer av synfältet, och nu såg man väderkvarnen på Väderkvarnsbacken och vattentornet. En stor grusgrop framträdde, en liten vattensamling och snart flera av traktens omgivande kyrkor.

När de nu var så högt uppe att de inte skulle kunna ses från marken började deras gestalter framträda med tunna konturer, som efterhand blev fastare. De fick var sin bild av varandras kroppar, fast den var otydlig och transparent. Thomas såg en yngling under 30 år, mycket mager efter en tärande sjukdom. Med hela sin varelse, inte med ett par ögon, tog den andre in Thomas gestalt. Thomas bild var välbyggd, och nästan naken med bara tygtrasor runt höfterna som Jesus på korset.

- Oj, du är verkligen en människa! Jag kan knappt tro det. Vart är vi på väg? Oj, det lät som i "på spåret", som jag tittat på så mycket när jag varit sjuk. Ingen mun ställde frågan och inga öron hörde den. Den växte bara fram i Thomas medvetande.

- Vi ska uppåt en bra bit. Jag ska lämna av dig på en mottagningsavdelning. Du kommer att bli väl mottagen. Du ska få en kopia av den kropp som ligger i graven. Du kommer att märka att den är lite provisorisk i början, men den förbättras efterhand. Du kommer att ha ben att gå med, en mun att prata med och ställa frågor genom. Öron att höra med. En hjärna kommer att ordna dina tankar. Du får vänta med dina frågor tills du kommit dit. Det går mycket lättare att kommunicera när du fått talorgan och öron.

Biblioteket bland molnen

Den nya nivån var ungefär som ett pensionat i fjällen, som man drog sig tillbaka till efter en dag fylld av skidåkning. Det var ingen lyxig omgivning, snarare robust och enkel, men ganska hemtrevlig. Det var som på en kurort. Allt man kunde behöva verkade finnas. Utanför själva byggnaden fanns en lång balkong som gick längs hela huset. När man var därute var det nästan som att se fjälltoppar, men det var bara moln överallt. Thomas och Veronika gick runt och utforskade allt. Rätt som det var så kom de fram till ett bibliotek. Genom fönstren såg de rader av bokhyllor och en expedition. På huset stod bokstäverna **"KB"** med väldigt stor stil, och lite längre ner stod det "KunskapsBiblioteket".

De blev nyfikna och gick in. De kom in i en expedition, och bakom skrivbordet såg man en öppning mot en amfiteaterliknande bildning med bokhyllor i flera våningar och trappor och stegar. En kvinna satt vid skrivbordet och datumstämplade återlämnade böcker, som hon sedan lade i en bokvagn bredvid sig. Hon hade en vit knytblus med hög hals, och på blusen satt en namnskylt med namnet Hosianna Davidsson och titeln chefbibliotekarie. Hon såg lite sträng ut, och det grå håret var uppsatt i en knut i nacken. Namnet föreföll lite bekant, men varken Thomas eller Veronika kunde placera det. Thomas fick lust att kolla om bibeln fanns här, så han harklade sig lite för att få hennes uppmärksamhet och frågade sedan om de hade bibeln.

- Javisst har vi det, förklarade bibliotekarien och log. Vi har en ganska komplett samling av religiösa urkunder. Det finns flera utgåvor av Bibeln från olika århundraden, och vi har naturligtvis även Koranen, Toran, Tanakh och Vedaskrifterna. Sedan har vi förstås Vinaya, Abhidhamma och Sutta liksom Bhagavad Gita, Tipitaka, Dharmapadda och Kung Milindas frågor.

- Det låter intressant, tyckte Thomas, var hittar jag en bibel?

- Där nere där jag pekar, titta under bokstav C och se på de små skyltarna. Gå till avdelningen för folktro och vidskepelse så hittar ni nog vad ni söker.

Veronika vikarierar

Så blev det Veronikas tur att prova sina läkande krafter. Andra våningens personalstyrka var rätt fulltalig, men hon måste få prova sina krafter, så äntligen blev det dags för ett första vikariat som ångestlindrerska. Patienten ansågs bara ha timmar kvar att leva, och hennes ångest var nu så stark, att all personalen inte längre visste vad de skulle ta sig till. Patienten hade en svår neurologisk sjukdom och kunde nu inte röra sig alls. Om hon kunnat tjuta, sparka och leva ut ångesten hade det varit bättre, men den kunde bara rasa fritt i hennes själ.

- Det är akut nu, sa Veronikas handledare. Vi far direkt. De två kvinnorna tog varandras händer, och golvet tycktes upplösas under dem. De var bland mjuka moln, och de började sjunka nedåt allt snabbare.

- Det är ingen fara sa handledaren, vi kommer att hitta rätt.

Ännu tycktes de ha ögon att se med, och en hud att känna vinddrag mot. Konturerna av staden Göteborg växte fram under dem. Veronika kunde identifiera Älven, och kort därefter Älvsborgsbron som de tycktes följa över till Hisings-sidan. Där syntes Eriksbergs stora bockkran, och snart var de över bebyggelse och motorvägar på Hisingen.

- Vi ska till ett hospice som heter Bräcke Diakoni, upplyste handledaren, och snart såg de en låg gul byggnad med tegeltak. De landade mjukt på taket, och Veronika upptäckte att de nu var osynliga, men hon kände på något sätt konturen av sin följeslagerska. Taket verkade mjukt som deg, och de sjönk rakt igenom. De såg långa korridorer, sällskapsrum, matsal och enskilda patientrum. De behövde bara följa en förutbestämd väg för att komma in i patientens vårdrum.

Någon gång måste jag fråga om hur den här navigationen går till, tänkte Veronika. Behöver vi bara åka med som på en rutschbana, eller är det handledaren som styr oss? Måste jag själv lära mig att navigera till nästa gång?

Ångesten kändes mycket starkt nere i patientens rum. Det fanns personal där, som själva kände sig nästan panikslagna över att inte kunna göra något. På sängbordet stod en metallbricka med begagnade sprutor och brutna ampuller. En sköterska satt där lutad över patienten, och en läkare stod alldeles bakom henne. Hon kastade just en frågande blick på honom, och han slog ut med händerna och ryckte på axlarna. Patientens ansikte var likblekt, ögonen stirrade stelt framför sig med vida pupiller, munnen var halvöppen och gjorde tuggande rörelser, eller var det försök till rop, andningen var mycket långsam och rosslande, och det var fradga runt munnen. Armarna var stelt utsträckta längs kroppen och darrade med spända muskler. Då och då hördes ett oartikulerat gnällande ljud, patientens panna var fuktig av svett.

- Sätt dig vid hennes huvudända, sa handledaren. Det fanns ingen stol där, men Veronika hade ingen kropp med sig, så hon kunde ändå ta plats där hon behövdes. Hon lade sin osynliga hand på patientens kind och smekte den sakta. Nu skärpte hon sin mentala kraft och kunde avläsa patientens enorma dödsångest, skräck och smärta. Hon föreställde sig vad hon skulle kunna säga till patienten, och formade ord som tröstade och lugnande. Hon fick anstränga sig mycket hårt, men till slut verkade det som om hon fick kontakt med den andra själen. Det hade upprättats en förbindelse, och tankar och känslor kunde börja utbytas. Ångesten var inte längre instängd och rasande inne i en sluten hjärna. Den började dräneras ut, och alla i rummet kände att situationen gradvis förbättrades. Det var lite som att tömma varet ur ett sår. Sköterskan såg förvånad ut, och tog själv patientens hand och kramade den. Muskelspänningen i patientens armar avtog, det ångestfyllda ansiktsuttrycket började bli fridsammare.

Det var ändå flera timmar kvar, men Veronika var ihärdig, styrkt av sin framgång. Hon satt där och tänkte sina positiva tankar, som gav den andra ett visst hopp. Veronika förmedlade att döden inte var ett svart hål som man förlorade sig i. Döden medgav en fortsättning på andra sidan dödsprocessen. Hon lovade inte någon himmel, men att det fanns någonting, som man kunde hoppas på. Själv fick Veronika krafter av sin handledare, som fanns där för henne. Det blev så småningom uppenbart att både ångesten och skräcken hade upphört.

- Stannar du här tills det är slut? frågade läkaren. Sköterskan nickade bekräftande och läkaren gav hennes axel en lätt kram och sedan gick han ut.

Livet rann lugnt ut. Släpp taget, släpp taget, vi tar emot dig, uppmanade Veronika gång på gång.

Döden inträdde äntligen, sköterskan märkte att pulsen inte kändes längre, och att andningen upphört. Hon tittade på klockan på väggen för att anteckna klockslaget, sedan tryckte hon på knappen vid patientens säng och tillkallade läkaren för att konstatera dödsfallet slutgiltigt, och göra en journalanteckning om det.

Veronikas handledare berömde henne för ett gott jobb.

- Nu kan du följa med henne upp, sa hon, jag dröjer kvar här ett tag, så får du sköta det sista alldeles själv. Det kommer att gå utmärkt.

Thomas på riktigt uppdrag

Nu var han på flygtur igen. Det var härligt. Han dök brant ner mot jorden, förvissad om att hitta rätt ganska lätt. Östergötland var väl ingen konst att hitta. Ja, där är ju Vättern. Nu får jag hålla lite mer åt öster, få se, där är Tåkern, och som blänkande små speglar Boren, Roxen och Glan. Linköping med domkyrkan såg han ganska lätt, och började sedan glida längs en motorväg mot Mjölby. Nu stämde kartbilden, och han visste vilken ort som var Mjölby. På lagom höjd cirklade han över centrum och identifierade kyrkan och torget. Sedan lite grann försiktigt åt norr, så befann han sig över ett vägskäl igen. Det där var avtagsvägen mot Skänninge, och – försiktigt nu – precis till vänster om Skänningevägen, om han tänkte sig följa den mot grannstaden, där låg kyrkogården som han letade efter. Den bestod av ett litet kapell och en hög kulle med tallar. Förutom själva gravarna förstås. Nu var det bara att lägga sig över den enda öppna graven och vänta. Det var fullt med folk med blommor i händerna samlade runt graven.

Det var inte lätt att stämma träff när man var osynlig och ville träffa någon annan, som också var osynlig. Han väntade tåligt medan begravningsceremonin pågick i förvissning om att den avlidnes själ snart skulle befinna sig på ungefär samma ställe som han själv.

Efter ett tag förnam han en oro alldeles intill sig. Han skärpte sin själs sinnen och trodde att han kunde lokalisera den andre, men sedan kom den svåra delen. Att etablera kontakt.

Thomas cirklade runt när han kunde avläsa ett tumult av känslor. Där känslorna fanns, var den som han måste rädda.

Det gick att avläsa känslor, men att få till någon slags själslig kommunikation visade sig svårare.

Först förnam han den andres ilskna vrål och smärtsamma stönanden. Sedan kanske den andre kände av Thomas närvaro, för känslorna gick över i protest och motstånd. Låt mig vara, låt mig vara!

kunde Thomas till slut tyda hans vånda. Den lössläppta själen ville tillbaka till kroppen. Jag vill in i kroppen, jag vill väcka den!

Det går inte, försökte Thomas, kroppen är på väg att ruttna, en själ kan inte vara där. Han mötte morranden och illvilja. Om Thomas hade varit en mänsklig utsänd vakt hade han kunnat ta en annan människa i armen och dra honom med sig. Men han måste ändå visa sig vara den starkare. Den lössläppte ville inte avlägsna sig från sin avlagda kropp, så de svävade en stund ovanför människorna och följde med ceremonin, ända till skovlarna med mull kom fram. Nu visste den avlidne att han var tillsammans med en annan osynlig själ, någon som var utsänd för att hämta honom. Till ett ställe där avlagda gamla själar samlas? Det gjorde honom inte nämnvärt lugnare. En plats med bara själar, vad är det för dumheter? En själ behöver inte dricka ett stop öl, inte äta en fläskkotlett, inte gå till sängs med en läcker flicka. En själ utan kropp, vad är det för stolligheter? Vad sjutton har en själ att göra? En öken full av gamla spöken! En själ, en själ vad är han? Vårt dumma svar på en lika dum begäran? Olusten riktigt sprakade som ett elektriskt överslag. Nej tack, jag försvinner hellre fullständigt. Släpp loss mig, jag vill inte vara med! Mentalt brottades han som en ursinnig för att komma ur Thomas kraftfält. Thomas märkte att en svordom, som var på väg, hastigt byttes ut mot "sjutton". Den andra vågade alltså inte riktigt smäda de okända krafter som var på väg efter honom. Det var en osäkerhet som han avslöjade, och han förlorade lite av sin styrka.

Thomas kunde ju inte riktigt utlova en himmel, ett departement ovan molnen var kanske en svag ersättning. Han ville två sina händer. Men den andre blev vekare så småningom och hade ju ingen annanstans att ta vägen. De blev snart som luftballonger med sammantvinnade snören som sakta höjde sig upp i varandras sällskap.

Diskussionsklubben

När Veronika och Thomas hade utfört några uppdrag som var till full belåtenhet, ville de utforska andra våningen lite bättre. De ville höra sånger från andra våningen och kanske några bra föredrag. De hade väntat sig änglalik sång till ackompanjemang från harpa och änglatrumpeter, men hade inte hittat några lämpliga konserter, lika lite som de hade sett till några gator av guld. Däremot verkade det finnas en diskussionsklubb, där svar på de flesta frågor utlovades. Det skulle vara sammanträden regelbundet i en hörsal på KB, och paret beslöt sig för att gå dit.

Det var en typisk bibliotekssal med bokhyllor från golv till tak, men framför dem fanns en stor fri yta med ett skrivbord, en projektor och en vit duk. Framför denna yta var fem rader med stolar uppställda. Det var långt ifrån fullsatt, och Veronika och Thomas kunde försäkra sig om platser på första raden. En gänglig person i en sliten grå kostym satt vid skrivbordet och sorterade papper, medan han då och då tog en klunk te. Hans armbandsur låg framför honom, och på utsatt tid reste han sig och hälsade alla välkomna. Han sade sig särskilt se fram mot att få besvara frågor från dem som var nyinflyttade på andra våningen. Själv hade han vistats där mycket länge och hade fått erkännande som expert på allting. Han presenterade sig som Theodor. Det kan tänkas att jag luktar te just nu, sa han med ett litet skratt, men det är egentligen inte det som mitt namn syftar på.

- Detta var lite svårsmält tyckte Thomas. Expert på "allting", det kan man väl inte vara?

Han harklade sig och bad föreläsaren att förklara sig. Theodor log lite urskuldande och sade sig förstå invändningen. Du är van vid jordiska förhållanden naturligtvis. Det tar enormt lång tid att förvärva expertkompetens vad det än kan röra sig om. På jorden får man vara mycket glad om man kan säga med övertygelse att man faktiskt är expert på en enda sak. Men du får tänka på att vi häruppe har varit med mycket länge. Vi har haft evigheten på vår sida. På en evighet har man till slut haft tillfälle att lära sig i stort sett allting. Det är väl bara vissa saker, som man helt enkelt inte haft intresse för, som man kanske inte heller kan redogöra för.

Trots denna ganska goda förklaring kände sig Thomas som en tvivlare. Han frågade hur länge föreläsaren hade varit i den övre världen efter sin död.

- Vi har inte riktigt den tidsuppfattning här uppe som ni har på jorden. Man räknar inte dagar, veckor och år, det skulle kanske vara lite skrämmande. Jag kan därför inte svara på hur länge jag varit här mätt i jordisk tid. Vi har varken klockor eller kalendrar, och inga födelsedagar firas. Däremot kan jag slå fast att jag har haft mycket god tid på mig att noga penetrera alla frågor som jag haft intresse för. Evigheten har helt enkelt varit på min sida. Alla böcker som jag någonsin har behövt har funnits här på KB.

En gråhårig dam på andra bänken tog upp frågan om förhållandena kring Jesu födelse. Var det historiska fakta allt det som prästerna berättade gång på gång? Theodor kunde bekräfta de yttre omständigheterna om barnet i krubban, och att en stjärna lockat dit flera personer, som ville erkänna barnet som Israels nye konung. Däremot var kanske Josef en lättlurad person, som så lättvindigt godtog Marias förklaring att det rörde sig om jungfrufödsel. Den enda i världshistorien i så fall.

Thomas ville inte låta Theodor komma undan alltför lätt. Han frågade lite provokativt om inte födelsen av en blivande konung var en mycket viktig tilldragelse, som förtjänade stor uppmärksamhet. Varför hade man i så fall bara skickat dit tre vice män? Varför inte de ordinarie? Fanns det något viktigare på annat håll?

Föredragshållaren ryckte på axlarna och log lite urskuldande åt Thomas skämt.

Den angelägna damen fortsatta prata och det framgick att hon varit präst i ett avsides beläget pastorat och haft som hon sa "häcken full", när hon skulle sköta den vanliga ruljangsen med predikningar, dödsfall, födslar, dop, giftermål, nattvardsgång mm.

- Då kunde hon nog inte ligga på oblatsidan, viskade Thomas diskret till Veronika.

- Änglar, finns dom? ville en annan åhörare veta.

- Det är en intressant fråga, sa Theodor. Vi har änglar som begrepp, som personer utsända av gud. Nu finns ju inte gud i sådan personlig form som man tänkt på jorden. Ni har ju lärt er att det är ett helt departement. Ni alla här har fått nya kroppar eftersom era gamla ligger och ruttnar i en grav. Man kan konstruera kroppar i olika stilar. Ingen här är någon ängel, men om någon blir skickad till jorden, får han en skenkropp, som bara den som nyss dött kan se. Inte med en gång alltså, men när man kommit från jordens omedelbara närhet kan man se skenkroppen. En sådan skenkropp kan mycket väl få änglavingar. Det är ju inte något att flyga med, för flyger gör man ändå, utan mest en statussymbol. Om en sådan prydnad underlättar uppdraget på jorden så visst, vi kan låta änglar finnas en liten stund åt gången. Theodor såg sig om efter flera frågeställare.

En mager och blyg man med runda glasögon såg sig försiktigt om och höll sedan upp sin högra hand i öronhöjd. Theodor nickade vänligt mot honom och räckte ut sin hand som tecken till den andre att ställa sin fråga.

- Jo, hmm, alltså, jag är inte så bibelsprängd, men nu kom jag plötsligt på att jag har hört talas om en Herr Sebaot. Vem är han egentligen?

Theodor undertryckte ett leende. Ja, du menar förstås den gammeltestamentliga guden i egen hög person. Det är Herren Sebaot du menar. Sebaot är hebreiska och betyder "härskaror", en guds krigshär, kanske av änglar, men kanske också av helt jordiska krigare. Gud var lite stridslysten av sig i gamla testamentet. Han lät ju t ex israelerna inta staden Jeriko genom att blåsa sönder murarna med basuner. Stadens invånare slaktades. Jo, så snäll var han inte i början. Det var inte tal om att vända andra kinden till, om någon klipper till en på ena kinden. Så mesig blev han först i nya testamentet. Så Sebaot var överbefälhavare för en grupp krigare. Som chef över härskaror, kan man ju tänka sig hur titeln "härskare", och ordet "härska" kommit till.

Sebaot var alltså inte heller någon herre som ville "se bra ut", om ni nu trodde att det var namnets betydelse.

Nu harklade sig en allvarlig man som suttit och fört anteckningar. Han fick ordet.

- Det är ju väldigt konstigt det här att hela denna jättelika anläggning existerar, och det inte alltför långt från jorden om jag har förstått rätt. Det är väl inte bara i vår fantasi som den finns? Varför blir den inte iakttagen av våra jordiska teleskop? Med dem kan vi ju se långt bortom Pluto.

- Ja visst är den verklig, instämde Theodor. Men den är ändå dold. Har du läst lite om Einstein? Han var skarpsinnig nog att inse att universum är krökt. Om man från en bestämd plats kunde avlossa en projektil i vilken riktning som helst, så skulle den så småningom komma tillbaka till samma plats igen, även om den tycks gå spikrakt framåt. Ja, vi som är fast i vår verklighet kan inte ens ana universums krökning. Vi är faktiskt så nära jorden att vi här kan dra nytta av jordens gravitation. Men eftersom Einsteins antagande var korrekt så kan du kanske förstå att en alternativ verklighet kan finnas bortom Einsteins krök? Man pratar även om rumtiden, och att denna är krökt. Denna verklighet blir i så fall totalt osynlig från jorden, vartåt man än riktar sina teleskop. Tack vare detta förhållande kan vi i GUD, som befinner oss i flera verkligheter, iaktta jorden och kartlägga allt som sker där utan jordingarnas vetskap. Har du förstått?

- Ja, som du lägger fram det är det ju helt kristallklart, svarade han som frågat med orden drypande av ironi. Theodor bara log och ryckte på axlarna.

Edens Lustgård

Veronika och Thomas anförtroddes svårare och svårare uppdrag. De fick röra sig över hela Sverige och ta hand om vilsna och ledsna själar. Arbetet var ganska fritt, kreativt och ansvarsfullt. De fick ju också se en hel del av landet utan att själva bli sedda. Emellan uppdragen träffades de på sitt rum och kunde roa sig i sängen och berätta för varandra om uppdragen. Tiden gick, men kunde inte mätas, som man var van att göra på jordiskt vis. Allt flöt ihop. Emellanåt funderade de på om det nu skulle vara så här, för all framtid, intill tidens ände. Det var tolerabelt, men kanske lite enahanda.

De satt och diskuterade just detta när det hördes en munter och rytmisk knackning på dörren.

- Vänta ett ögonblick, ropade Veronika lite stressad och rev efter något att sätta på sig. Nattlinnet fick duga, det var inte alltför genomskinligt.

Utanför stod en fritidsklädd man som nästan hoppade av iver och glädje.

- Tjänare, utropade han. Jag heter Kalle, Kalle Lujah. Jag är en bringare av glada tidender, som man sa förr, jag har alltså härliga nyheter för er.

- Jaså, men kom in och slå dig ner då. Vi har lite vin kvar som vi kan bjuda på...

- Å nej då, det behövs inte. Tack i alla fall. Kalle Lujah slog sig obesvärat ner. Han såg från den ene till den andra.

- Efter vad jag har hört så har ni varit riktigt duktiga och flitiga i ert ansvarsfulla jobb som själaguider, och våra chefer ett par våningar upp vill ge er en belöning. Och inte vilken liten skitsak som helst. Han nickade förnumstigt och knep ihop läpparna. Jo, ni ska få åka på semester och få koppla av riktigt ordentligt.

- Jaså, finns det semester häruppe?

- Jo du, det kan du allt skriva upp. Det här är inte något som går av för hackor. Ni har väl hört talas om Edens lustgård?

- Jomen, det är ju klart. Det är väl i bibeln som det talas om det?

- Ja, och det bästa är att lustgården finns på riktigt. Ja, det är väl inte originalet, men vi har tillgång till en fantastisk kopia som ni kommer att älska. Ni ska få bo i en hydda i en riktigt lyxig blomsterträdgård, där det finns frukter av alla de slag. Naturligtvis kunskapens frukt också, det vill säga äpplen. Klimatet är subtropisk, sol varje dag, regnet faller på nätterna, underbart badvatten, golfbanor, dansbanor, små segelbåtar, utomhusscener för teater och musik, ja ni kommer att ha allt annat än tråkigt. Och det speciella är att alla är i stort sett nakna hela tiden.

- Nakna verkligen? Hur hänger det ihop?

- Det är för att det ska fullbordas, det som är skrivet. Adam och Eva åt av kunskapens frukt, de blev upplysta, och de insåg plötsligt att de var nakna. Fikonlöv var det enda som de kunde skyla sig med.

- Så det är meningen att vi ska gå med fikonlöv på oss hela tiden?

- Bara om ni så vill. Det går bra att vara nakna också. Det är ju ett slags paradis och allt är tillåtet.

Veronika och Thomas tittade på varandra och brast ut i skratt. Det verkade ju alldeles befängt alltihopa.

- Kul, sa Veronika, jag provar nog gärna att gå naken om det är en sån ljuvlig plats som du säger.

- Jag vet inte, sa Thomas. Klart att det är skönt att vara naken, men som man kan det bli reaktioner som kanske inte passar sig att visa upp.

- Åh, det är nog ingen fara med det. Det här är så nära paradiset man kan komma, och det man inte vill ska hända, det händer inte heller.

Ja, inte var det mycket att packa när inga kläder behövdes. Det var tandborste, tandkräm, tvål och lite andra småsaker. De hade sina vanliga enkla vardagskläder på sig. Om det varit på jorden, så hade Thomas säkert haft en kamera med sig, men på detta ställe hade han inte sett något sådant. På utsatt tid träffade de Kalle Lujah i korridoren utanför deras rum. Han hade kortbyxor och en hawaiskjorta på sig, och på fötterna sandaler. Han stod nästan och hoppade av iver, och leendet sträckte sig från kind till kind. Det blev en lång promenad inomhus till ett hisschakt som de inte sett förut, och en lång färd uppåt i en stor hiss. Våningssiffrorna på en display bläddrade uppåt i rasande fart. På plan 231 blev det stopp och hissdörren gled sakta upp.

- Nu ni, sa Kalle nästan högtidligt, nu ska ni få ta ett kliv nästan in i Paradiset. De bländades av klart solsken, som de hittills inte hade sett. Det var som en högsommardag. Mängder av fåglar sjöng högljutt, och trummandet av en hackspett mot ett torrt träd hördes tydligt. På lite avstånd såg man en gammal stenmur, där gräs och blommor växte i skarvarna mellan stenarna. En stor skylt förkunnade namnet "Eden". En lägre belägen skylt med mindre bokstäver förkunnade "I som här inträden, låten hoppet spira!" Med tydlig stolthet öppnade Kalle grinden åt dem och gav dem en gest att de skulle gå in före honom. Innanför var det en mycket vacker och exotisk park, och en omsorgsfullt krattad grusgång ledde fram till ett litet trähus med skylten "Avklädningshytter". Kom här, sa Kalle, vi ska ta av oss kläderna och låsa in dem i ett skåp här, och sedan ska jag ta er med till en värdinna som tar hand om er i fortsättningen. När de klädde av sig hörde de röster från någonstans i huset.

- Kom nu, sa Kalle, när de stuvat undan kläderna. Den lilla packning de hade kunde de lätt bära med sig. Kalle, som hade varit där tidigare, tvekade inte om vägen, utan han tog dem med till något som liknade en gammaldags uteservering med målade trämöbler i glada färger. Nu såg de några nakna människor till, och alla blev erbjudna att slå sig ner i stolarna och vänta. De blev bjudna på kaffe och vetebröd av en ung och helt naken servitris. Det kommer en värdinna och hämtar er om en stund, förklarade hon, sitt här och njut av kaffet så länge. När servitrisen gick ut i köket kunde inte Thomas låta bli att följa henne med blicken. Hennes välformade rumpa drog blickarna till sig. Gästerna kände sig inte längre så utlämnade när de kunde sitta vid ett bord som dolde deras intima delar. Det var bara att finna sig i

34

situationen, och kaffet var gott. Snart hördes glada, förväntansfulla röster och skratt över det klirrande porslinet.

- Här kommer hon! ropade plötsligt Kalle. Sorlet tystnade, alla blev nyfikna på den omtalade värdinnan, som skulle ta hand om dem. Hon var en påfallande vacker kvinna, som kom emot dem med svängande höfter. Hon hade vita blommor i håret, en krans med blommor i olika färger om halsen, och runt höften hade hon ett snöre, som det hängde andra små snören i, och i ändan på varje snöre dinglade ett litet fikonlöv. Hennes perfekt formade bröst var stora och pekade framåt utan att hänga det minsta. Kanske bidrog den mindre gravitationen till att bröst lättare behöll sin form.

De små löven dinglade glatt runt hennes underliv utan att egentligen dölja något.

- Hej och välkomna till Edens lustgård, sa hon och mötte allas blickar. Jag heter Eva, och jag ska eskortera er till era bungalows och berätta lite om vad som finns här. De började vandringen genom en makalös fruktträdgård. Det fanns äpplen, päron, plommon, körsbär, krusbär, hallon och en mängd andra frukter och bär. Bin surrade och fjärilar fladdrade omkring. Fåglar sjöng frenetiskt som om de hade betalt för det. Fruktträden var mycket stora och såg gamla ut. Hon stannade vid ett äppleträd som dignade av mogna frukter. Det här är vårt allra bästa träd, sa hon, och äpplena från detta träd kallas kunskapens frukt. Var så goda och ta var sitt äpple och njut av den söta och goda smaken. Hon steg åt sidan och väntade tills alla hade plockat och smakat på varsitt äpple. Ja, nu har ni kanske blivit lite mer upplysta sa hon. Nu märker ni nog att ni är nakna och undrar säkert var ni ska få fikonlöv ifrån. Jag kommer till det alldeles strax, och att ni är nakna visste ni nog redan. Innan vi lämnar detta träd ska jag visa det allra märkligaste med det.

Hon gick fram till stammen, trummade med handen på den och utstötte konstiga väsande läten. Hon höll på med detta en god stund och alla undrade vad som försiggick. Så prasslade och rasslade det bland löven, och en jättelik orm kom nedringlande och lade sig tillrätta i en grenklyka. Alla ryggade överraskade tillbaka några meter, en del skrek till, och alla var mycket spända på vad som skulle hända.

Värdinnan Eva var dock helt lugn. Hon log mot sin publik, och gick närmare ormen. Den lyfte sitt stora platta huvud, vred det lite fram och åter och lät tungan komma fram och dallra fram och tillbaka. Eva klappade helt lugnt ormen på huvudet.

- Det här är en boaorm, sa hon, den bor här, och vi kallar den Bo eller ibland Bosse. Vi tyckte att den behövdes för att illustrera den ursprungliga Edens lustgård. Denna orm talar inte, så han varken ljuger, lockar eller förför. Det är en snäll och bortskämd gammal orm. Vi ger den mat två gånger i veckan, och det är han nöjd med. Vi som jobbar här kan hantera honom lite som vi vill, men jag vill inte rekommendera att ni kommer alltför nära. Försök inte klappa honom, och framför allt inte krama honom, för då skulle han kanske få för sig att krama tillbaka. Det skulle bli en kram för mycket för vem som helst. Men titta nu här några meter till vänster om trädet! Där står också ett mycket gammalt och stort äppleträd, som vi kallar livets träd, men ser ni skillnaden mellan dessa två träd? Inte det? Men jag kan försäkra er att skillnaden är enorm! Jaså, ni ser inte det? Men om jag då istället säger att skillnaden är en orm? Då förstod de flesta och började skratta, för det fanns ju ingen orm i det andra trädet.

Eva tycktes vara rätt belåten med att hennes lilla framträdande lyckats så bra, och nu gav hon tecken till alla att följa henne in i parken. Det var en helt makalös park, troligen inspirerad av kungliga engelska parker. Det var tätt, vackert gräs, välansade rabatter och formklippta träd och buskar. Här och var stod en marmorstaty i grekisk stil. Först såg de en naken, muskulös man med en diskus, och sedan en naken kvinna med en stor pilbåge. Små fontäner stod här och var. De gick försiktigt på den grusade gången. Kalle pekade plötsligt på en skylt, som stod nedstucken i gräset. På den stod det "Förbjudet att beträda gräsmattan."

- Men vad då, utropade han med låtsad förvåning och såg sig omkring. Det kan väl inte vara förbjudet, här är ju massor med träd på gräset!

De kom upp på en kulle och fick syn på två bäckar med klart vatten och ett litet vattenfall som föll utför vackra klippor. Längre bort glittrade en fin liten sjö, och det var en lång sandstrand intill sjön.

Bungalowerna låg en bit bort som ett litet samhälle, och värdinnan lämnade av dem till de små husen, som var och en skulle få disponera. Innan gästerna gick in pekade hon ut vad som fanns i serviceväg. Det var små restauranger som pizzerior, hamburgerbarer, kaféer och lite finare restauranger. Det fanns små affärer så att de kunde köpa hem lite förnödenheter. Det fanns t om boutiquer med någon slags kläder, men det var egentligen bara glesa skapelser med imiterade fikonlöv. Nakenhet var ju en bärande idé i Eden. Att köpa var kanske inte riktigt rätt uttryck eftersom de varken hade någon väska eller börs och inga reda pengar. De kunde ändå handla på kredit med sitt namn som säkerhet.

Ingen av de nya gästerna hade några förnödenheter, så alla blev tvungna att handla med en gång. Thomas och Veronika ville gå ut och äta först. De slog sig ned på en uteservering och bad den, förutom ett förkläde, nakne kyparen att föreslå något som inte var för kraftigt eller alltför mättande. Kanske något i köttväg. Då föreslog kyparen att de skulle prova en specialitet som kallades "husets kortlätt". Namnet alluderade på kotlett, men var en liten rätt med syntetiskt kött, kolesterolfritt och kalorisnålt. Köttbiten var både kort och lätt, därav namnet. De satt där en god stund och funderade över tillvaron i Eden, medan de drack rödvin till. När de var färdiga tog Thomas mod till sig och frågade om kyparens relativa nakenhet. Han var tacksam över att förklädet dolde det väsentligaste. Kyparen sa att han förstod problemet. De var ju nyanlända och hade inte vant sig vid nakenhetsnormen ännu, men han kunde försäkra att nakenheten bara gällde ute i restaurangen, inne i köket användes skyddskläder, och man hade till och med mössor som täckte håret, allt hade gjorts för att garantera högsta möjliga hygien vid matlagningen.

Veronika och Thomas fick underbara dagar i den fina lustgården. De låg mycket på stranden, solade sig, badade och hade picnick. Att vara nakna vande de sig snabbt med på stranden, alla som besökt nakenbad vet att nakenheten rätt snart känns helt naturlig. På kvällarna träffade de andra gäster, som kommit med samma hisstransport. De besökte varandras bungalower och festade lite lätt, och drack vin. Här var nakenheten lite konstigare att vänja sig med.

Damerna hade gått runt i boutiquerna och skaffat några klädesplagg, som skulle vara ersättning för de kjolar och klänningar som inte fanns. Det var skapelser av fikonlövsimitationer, som var glest upphängda på en nätliknande stomme. Inte mycket doldes, men kvinnorna fick ändå en känsla av att ha något på sig. Karlarna nöjde sig med att knyta en handduk om livet, för handdukar fanns det ju tillgång till. Om en handduk tappades någon gång så var det ingen som blev generad för det.

Kärlekslivet var betydligt aktivare än normalt. Thomas och Veronika idkade umgänge flera gånger per dag, och det kan inte förnekas att all nakenhet omkring dem fungerade som en stimulans.

Värdinnan Eva kom förbi en dag och slog sig ned hos dem. Den gången var hon helt naken så när som på ett enda litet pliktskyldigt fikonlöv, som fladdrade fram och tillbaka framför hennes välansade sköte. Nu kunde inte Thomas bärga sig, han måste få reda på hur synen på sex var här uppe i Eden.

- Du behöver inte dra dig för att fråga om vad som helst, sa hon. En lustgård är naturligtvis mycket tillåtande när det gäller sex, framgår det inte av namnet? Vi räknar med att ni kopulerar så mycket ni någonsin har lust med. Här uppe finns nämligen inga könssjukdomar, och ingen blir med barn. Så kör hårt! Ni väljer själva hur ni vill göra. Ni kan vara ett troget par, eller ni kan byta partner hur ni vill. Ni kan ha gruppsex om ni känner för det, och ni kan gärna ha samlag med en partner medan andra tittar på om ni är lite lagda åt exhibitionism. Sexualmoral hänger naturligtvis ihop med risker, vilka inte finns några här. Tänk på tidigare epoker i mänsklighetens historia. Människan är född med sexlust, men sex för tidigt eller med felaktig partner kunde medföra att en kvinna råkade i olycka, hon kunde inte bli gift, och därmed kunde hon kanske inte försörja sig med annat än prostitution Det är klart att man tillämpade stränga regler för att undvika detta. Människorna skrämdes med att de kunde straffas för sina "synder". Kvinnorna skrämdes allra mest, men det var ju ytterst för att skydda dem, eftersom det var de som kunde drabbas svårast om deras sexliv fick oönskade följder. En kvinna, som ägnade sig åt sex före äktenskapet, äventyrade sin framtid, och därför fick hon dåligt rykte, vilket skule avskräcka så många kvinnor som möjligt från riskabelt leverne. Om inte civilsamhällets fördömande skulle vara avskräckande nog, så förstärkte man det med religionen. Prästerna bannade och dömde från sina predikstolar, men det underliggande skälet var alltid att i brist på effektivt skydd kunde sex få svåra biverkningar för kvinnan.

Thomas förklarade sig mycket nöjd med svaret, men han var lite nyfiken på hur personalen här hade det. Varför var alla värdinnorna vackra som utvikningsflickor, och fanns det inga manliga värdar? Hur hade personalen det själva med sitt sexliv, för de hade nog inte sex med gästerna så vitt Thomas hade kunnat utröna.

Eva log åt hans frågor, och det märktes på henne att hon fått dessa frågor tidigare.

- Ja, alla vi som jobbar här har varit utvikningsflickor i olika herrtidningar. Vi gillade det, vi kände oss beundrade och eftertraktade. En del av oss blev berömda. De var ett liv vi gärna ville fortsätta med. Vi har inte dött i vår vackraste ålder om du trodde det, nej, men när vi sa ja tack till att bli värdinnor här så fick vi våra kroppar restaurerade till vårt allra snyggaste. Innan vi fick den möjligheten så har vi gjort vår del av allt annat rutinarbete som finns här på ovanjorden, och vi fick verkligen ligga i hårt för att meritera oss till de positioner vi har här uppe. Vi vet också att vi då och då måste hoppa av det här smörjobbet för att hugga i med annat, men vi har alltid möjlighet att komma tillbaka hit om vi sköter oss.

- Men hur är det med egna sexuella förhållanden då, om det är en riktig lustgård så behöver ni väl inte leva i celibat, men var är era partners?

- Ja visst har vi partners. Det är så för det mesta att vi kvinnor används för kundkontakterna, och männen här är lite färre. De som finns får tillfredsställa oss alla, och vi kallar dem för tupparna, du kan nog förstå varför.

Ja, det förstod han ju. Han försjönk i drömsk tystnad en stund och försökte föreställa sig hur det skulle vara att ha det jobbet.

Skapelsemuseet

Långt inne i parken bortom stranden skymtades en mycket vacker byggnad i gammal grekisk stil, tydligt inspirerad av Parthenontemplet på Akropolis i Aten. Man såg en rad höga kolonner av marmor, och bakom kolonnerna en massiv ekport. Thomas var nyfiken på den vackra marmorglänsande byggnaden och hade frågat värdinnan Eva vad det var för något.

Eva hade förklarat att det var ett mycket fint museum, som verkligen var värt ett besök.

En dag, när de tyckte att de kunde avstå från sol och bad för att få lite omväxling, gick de dit, Veronika klädd i ett slags höftskynke av fikonlöv, och Thomas med en handduk om livet. Redan på håll såg de att det rörde sig en vacker, mörkhårig kvinna omkring ett bord utanför museet. På bordet stod en skylt med texten INFO och kvinnan stod upp och sorterade en bunt broschyrer.

Det som förvånade var att hon verkade vara klädd i slitna blå jeans och en mycket åtsittande vit blus. Ingen nakenhet, men så konstigt!

- Hej, sa Thomas när han kom närmare.

- Jamen hej hej, svarade hon glatt och rätade på ryggen. Sanningen gick nu upp för Thomas när han stod alldeles framför henne. Hon var egentligen helt naken, men hade blivit målad med färg på ett så konstnärligt vis att hon såg klädd ut. Naturligtvis var hon slätrakad på underlivet så att färgen kunde sitta naturligt. När han tittade noga på hennes "jeans" såg han förstås springan mellan benen, och på överkroppen såg han ett par välformade bröst täckt av tunn vit färg.

- Oj, sa han. Det var ett elegant sätt att lösa problemet med klädsel som ni har här uppe.

- Javisst, sa hon glatt, fiffigt inte sant. Hon log stort. Men du ska se vaktmästaren som vi har här.

- Karl! ropade hon högt, kom ut ett tag, här är ett par som du måste hälsa på.

40

Det dröjde bara en kort stund, så kom en högrest man ut. Det var lite av Tarzan över honom. Han var också målad, och det förstod ju Thomas och Veronika ögonblickligen. Det föreställde att han hade en orm virad om sig. Möjligen var det Edens egen Bosse som målningen föreställde. Ormens huvud tycktes ligga vid mannens vänstra axel, den målade ormkroppen slingrade sig två varv runt mannens kropp, och ormens svansspets dinglade fritt mellan mannens lår. Det var naturligtvis hans penis som fick utgöra ormens svans. Det var mycket bra målat, men det syntes ju att det var en platt bild, så den var långt ifrån så realistisk som kvinnans "kläder".

- Ja, det var inte dåligt, tyckte Thomas och Veronika nickade bifall och dolde ett leende med handen.

- Det var onekligen ett listigt utnyttjande av dina fysiska förutsättningar, sa Thomas till mannen.

- Här vid vårt fina museum tyckte vi att vi måste bjuda till lite extra, sa mannen. Varsågoda och stig in bara. Det är gratis!

Porten var öppen, så det var bara att kliva in. Det var svalt och skönt i korridoren som de kom in i, och några meter bort var det en annan öppen port där solljuset kom in. De gick ut genom denna och befann sig på en öppen gård, fylld med stora marmorstatyer. De passerade ut mellan två groteska manliga figurer med enormt stora erigerade penisar. Sedan såg de figurer med manlig överkropp, skägg och horn samt underkropp som en bock. De såg yppiga kvinnofigurer, nakna naturligtvis, och de såg grupper av statyer som var nakna tillsammans och tycktes ha varit sysselsatta med någon form av sex. Det fanns små skyltar som talad om namnet på figurerna, Priapos, Satyrer, Fauner, och den välputsade marmorn blänkte i solljuset.

- Det var värst vad könsorganen är i fokus på de här statyerna, anmärkte Thomas. Detta gällde satyrer och liknande, men statyer föreställande kända män, filosofer och diktare, visades alltid med mycket små penisar och aldrig med erektion. Det ansågs nämligen vulgärt med stora penisar när det gällde bildade män. Vaktmästaren, som var med dem, kommenterade all nakenhet omkring dem med att här tycker vi att det är "bättre obscent än aldrig!" Veronika gillade också statyerna. De var så släta och lockande att det var med viss ansträngning hon lät bli att smeka dem.

Efter att ha vandrat omkring en stund i skulpturparken, visades de in till en stor sal där det var mycket högt i tak. Det var en slags reception med skyltar som hänvisade besökarna till olika mindre salar. På en stor tavla stod texten :

Edens Skapelsemuseum. *Denna byggnad innehåller konstverk i olika tekniker, från antika skulpturer till moderna målningar och fotografier. Vi vill hylla mänsklighetens viktigaste möte - mötet mellan Kung Penis och Drottning Vagina, livets förutsättning. Den sexuella lusten är naturens stora belöning för ett väl utfört skapelsearbete. Tag väl vara på den sexuella lusten och kraften.*

De vandrade mellan de olika utställningssalarna, målningar i svulstig barockstil med fylliga nakna kvinnor, som blottade sig beredda för samlag, målningar av nakna män och kvinnor i flera andra stilar, fotografier från ursprungliga svartvita verk till moderna färgfotografier inklusive fantasirika, drömska foton med sexuella scener med olika konstnärliga tekniker, faktabetonade samlagsbilder som tagna från läroböcker, porrartade bilder från tidningar, selfies från exhibitionister, som framhävde sina könsorgan, foton av kontaktannonser som i mer eller mindre förtäckta ordalag efterlyste samlagspartners, privatpersoners uppriktiga nakenbilder inklusive bilder av samlag, förföriska bioaffischer, foton av fräcka grafittimålningar och smygtagna bilder av olika sexuella aktiviteter. I ett särskilt rum visades pornografiska filmer nonstop. Thomas och Veronika satt där länge och kunde inte låta bli att ta på varandra på ett speciellt sätt. De unnade sig att släppa loss den sexuella lusten som de blivit uppmanade till. Olydiga ville de naturligtvis inte vara.

Det kändes alldeles annorlunda när de kom tillbaka ut i receptionen. All nakenhet som de sett hade skildrats med respekt och omsorg. Även sådana rättframma bilder som man vanligtvis kunde uppleva som ren pornografi hade genom presentationen blivit en slags konstverk. Det goda syftet hade klart och tydligt förädlat alla bilder, inklusive de allra fräckaste. Alla anatomiska detaljer visades med tydlig respekt, och man skulle förstå vilket fantastiskt under som alla sexuella funktioner var ett prov på.

Veronikas nya stil

Följande dagar gällde sol och bad igen, på kvällarna var det umgänge med de närmaste grannarna, som nu var deras nya bekanta. Veronika och Thomas berättade riktigt inspirerat om Skapelsemuseet, och al a blev sugna på att gå dit. Både Veronika och Thomas kunde nu strunta i att dölja sig, styrkta av sina upplevelser på utställningen. De var inte alltid tillsammans, och en dag fick Thomas en stor överraskning när Veronika kom tillbaka från ett ärende. Hon hade en perfekt sittance röd bikini på sig. Såg det ut som. Hon var helt naken, men hade skaffat en kroppsmålning i form av en liten bikini. Det var flickan på museet, som hon tagit kontakt med, och som tipsat henne om var hon skulle få tag på konstnären som dekorerade kroppar. Målningen var förstås inte gjord av vattenfärg, för då skulle den ju försvinna med en gång om hon hoppade i och badade. Den var inte heller gjord i olja, för det skulle ha varit otäckt mot huden, utan den var i en slags beständig men ändå hudvänlig färg. Hon var mycket glad åt sin "bikini", och de första dagarna gick hon inte ner i vattnet mer än till låren för att skydda färgen. Så småningom tunnades färgen ut. Först blev den genomskinligare, vilket bara gjorde att den målade bikinin verkade tunn och sexig. Därefter försvann den fläckvis mer och mer. Hon skaffade ett par kroppsmålningar till och varierade färg och utseende på den påmålade baddräkten. En gång ville hon skoja till det lite och lät konstnären måla ett par händer som tog henne på brösten, och en hand som skylde hennes sköte. Väninnorna blev också mycket roade av att pryda sig med målningar, men de var inte pryda, så ibland fick de bara blomsterrankor som slingrade sig här och där över bålen och extremiteterna, men inte dolde något av de intressanta bitarna. Alla hade nu varit på det fina museet flera gånger, och började lyda uppmaningen att ta tillvara alla sexuella tillfällen. Mer kan jag inte berätta, för då skulle det bli för fräckt. Låt oss säga att det blev långa, lata dagar, en lyxsemester, som inte var tidsbestämd, dagar som inte räknades, en tid som nästan utraderades. En solbränna över hela kroppen, som växte fram utan några brännskador.

Kanske blev det också något som motsvarade solbrännan fast på själen. En lättja, en vana vid lyx, men samtidigt en liten oroande känsla som smygande växte sig allt starkare – att de var helt onyttiga, att allt det goda blev så självklart att njutningen minskade. Hade vistelsen varit tidsbestämd från början hade man förstås velat utnyttja varje minut till det yttersta, men det här var ju evigheten, ingen dag var omistlig för det kom så många nya. Det började kännas lite obekvämt trots lyxen.

Åter till ovanjorden

En gång när de kom hem efter ytterligare en härlig dag, satt deras bekanting Kalle Lujah på en stol utanför deras dörr och väntade på dem. Han reste sig upp och hälsade på dem och frågade hur de hade haft det. Jo, de hade haft det bra, kanske alltför bra, för nu skulle det vara slut på hela semestern, om man skulle tro Kalles uppgifter. Det var helt enkelt dags att fara tillbaka, och Kalle skulle hjälpa dem med det. De fick kvällen för att säga adjö till dem som de ville ta avsked av. Kalle hade skaffat sig en inkvartering, och skulle komma tillbaka till dem nästa morgon. Det blev en kväll med fest och umgänge av olika slag, lite lyxigare hämtmat, och något att dricka som nästan var Champagne. Så kom Kalle och väckte dem när det var dags, och de tog en gemensam frukost på kaféet om hörnet. Det lilla de hade att ta med sig rymdes i en liten påse. De var helt nakna alla och hade nu vant sig fullständigt vid det. Kalle ledde dem vant genom parker och planteringar tills de kände igen de paviljonger som de hade anlänt till, och där det hade stått avklädningshytter på en skylt. Nu gick de in från andra hållet, och över dörrarna stod nu "påklädningshytter". De hittade lätt sina inlåsta kläder, de passade fortfarande bra, och Kalle hade sin hawaiiskjorta och beige kortbyxor där. Omklädda och välkammade vandrade de iväg till hissarna. Deras hiss gick så fort neråt att de upplevde tyngdlöshet en kort stund. Det var en märklig känsla, ändå konstigare blev det när hissen bromsade in så att de fick sin tyngd tillbaka med råge.

De fick nästan en chock när de klev ut ur hissen och såg en korridor full med påklädda människor, som rastlöst strömmade fram och tillbaka. Kläder, vad skulle det vara bra för? Jo, det var förstås jättebra med fickorna så att man slapp bära allting i händerna. Ja, nu fick man vänja sig tillbaka med att ha tyg på kroppen hela dagarna. Det blev ju tyvärr en massa nya saker att hålla reda på och sköta om. Tvätta, laga, stryka, sortera och behöva välja vad man ska ha på sig. Det hade varit skönt att ha sluppit allt detta, men var tid har ju sin plåga. Och se där, här hänger nu några slipsar. Vilka fullkomligt onödiga plagg! Hur kunde Thomas någonsin ha låtit lura sig att knyta på sig något så dumt? Det var nästan som om han var en hund som någon satt koppel på.

Kalle släppte in dem i lägenheten. Det var han som hade nyckel, och han hade sett till deras bostad medan de var på sin paradisiska semester. Lägenheten hade tidvis varit utlånad. Allt var i god ordning och välstädat, men många av möblerna var arrangerade på helt annat sätt än vad det varit från början. I sovrummet var det nya lakan och fluffigare kuddar än vad de haft förut. På väggarna hängde tavlor från deras hemtrakter, som Kalle stolt berättade att han hade skaffat fram. På skrivbordet låg en bunt med färska broschyrer, som Kalle gärna ville visa. Det var den lokala föreläsningsföreningen som hade distribuerat dem, eftersom det varken fanns radio eller TV här på ovanjorden. Tidningar fanns bara i form av väggtidningar. Allt var mycket traditionellt. Nu var det så att under den aktuella säsongen fanns det många föredrag som orienterade om aktuella företeelser i det jordeliv som de alla lämnat. Det antogs att speciellt de relativt nyanlända var angelägna att inte förlora kontakten med kultur och annat från sina hemländer.

Kalle tog upp en broschyr och läste upp vilka föreläsningar som fanns och vilka som han tyckte var intressanta.

Mellan-nätet, det s.k. "Internet" till vad nytta? Viktigt framsteg eller övergående fluga? Könsbyte – en ny trend? Världsomfattande pandemi – corona eller covid 19. Eldrift av bilar räddning för miljön i storstäder? Rymdfärder och satelliter – hur går det till? Äntligen en svensk kvinna i rymden. Ny president i USA Trumpetar ut sina åsikter om allting på sociala medier. Tidningsdöden och andra öden. Klimatkrisen och isen. Hur används Facebook och till vilken nytta? Kina – utvecklingslandet blir ekonomisk stormakt. Polisen på isen – på glid eller på hal is? Varför pratar man om mellanöstern – var finns då östra östern och västra östern? I al –Qaidas klor. Oskyldiga barn i flyktingläger. Syrien i spillror efter inbördeskriget. Vem finns under burkan? - Burka Songs. En stor man – förr profet, nu bara fet. Långtradare som går med vätgas och spyr ut vatten. Olycksdrabbad turist från Tunisien – nu ute på tunn is igen. The smartphone- ett universalredskap för den moderna människan. Moving Big Band på turné i Indien.

- Det är många kul föreläsningar, tyckte Kalle, Jag har hört ett par av dem. Ni vet väl var föreläsningssalen ligger? Alla tider står här.

Hmm, Internet känner ni väl till, för så gamla är ni ju inte? Det här med könsbyte, det har jag faktiskt inte hört, men jag har hört folk prata om det. En person sa att då ska man väl ha någon att byta med? En annan sa att något sådant skulle aldrig falla honom in, men han hade flera gånger bytt kön på ICA mot den på systemet. Ja, ja, man kan ju tolka det där lite olika. Trump är ju alltid kul att prata om, han blir bara konstigare och konstigare. Han är ett riktigt Trumpkort för pressen. Har ni hört om hur han babblar om att injicera desinfektionsmedel? Eller utsätta folk för riktigt starkt ljus för att döda virus? När kunniga personer sa till honom att det var rent svammel och livsfarliga spekulationer försvarade han sig med att allt var ironi. Ironi va? Iron betyder järn, och han ger verkligen järnet. Elbilar är ju alltid ett kul ämne. Här behövs de ju inte, men nere på marken. Tesla är det mest kända märket tror jag, och en sån bil bara susar fram, alltså det är bara suset som hörs. Det gör ju susen, ha,ha. Och tänk så fint att kunna sitta och tissla och tassla i en Tesla...Sardiner på burk är jag van vid, men nu finns tydligen också människor på burk...konstigt med burka vad? Så pekade han på ordet smartphone – Smartfåne – vad är det för dumheter? Det är ju en motsägelse i sig själv, eller som vi bildade människor sa förr – "contradictio in adjecto". Och det där bandet – Moving Big Band är ett jäkligt bra band som vi har hört talas om även här uppe.

Nu bröt Thomas in:

- Det här med pandemi på jorden vad är det för något? Det är det enda jag inte hört talas om förut.

- Jag lyssnade på den föreläsningen sa Kalle. Det var en lång smal person som pratade mycket allvarligt. Pandemi betyder en epidemi som har spridit sig över hela världen. Virussorten heter corona, och just den speciella sorten som orsakar nuvarande pandemi heter covid 19. Den sprider sig fort. En del får förkylningssymptom bara, medan andra dör. Folk över 70 verkar vara känsliga, så de är i praktiken instängda i sina hem för att inte bli smittade. I Sverige är instängningen frivillig, men i många andra länder är den påtvingad. Sjukvården går på knäna, vilket nog är lika opraktiskt som det låter, restauranger, barer, och många affärer utom mataffärer är stängda. Konserter, teaterföreställningar och liknande är inställda. Det är som om hela samhällen stängs och det är katastrof för ägare av affärer, för konstnärer, artister osv. Ekonomin tvärstannar, för många människor hotar svältkatastrof.

- Oj så hemskt det låter tyckte Thomas.
- Men det har faktiskt sina ljusa sidor, hur konstigt det än kan låta. Få flygplan är i luften, och en massa verksamheter står stilla. Fabriker är nedstängda. Det har gjort att halten giftiga ämnen i luften över till exempel Norditalien har minskat kraftigt, och i New Dehli har man fått se blå himmel för första gången på många år. När människor inte är ute så mycket har dessutom många djur kommit fram...

- Berätta inte mer är du snäll, avbröt Thomas. Det räcker med vad du redan har sagt. Den föreläsningen måste vi helt enkelt gå på själva.

Arbetet fortsätter

De fick några dagar för att orientera sig om allt nytt och gå på föreläsningar om vad som hände på jorden. De fick träffa sina förmän, som rekapitulerade de viktigaste punkterna om hur man på smidigaste sätt kunde assistera nyligen frisläppta själar och föra dem upp till ovanjorden och visa in dem till receptionen, eller kanske mer i Veronikas fall, hur man kunde finnas till hands och trösta personer i deras dödskamp. Så började praktiken igen. De arbetade ibland tillsammans, ibland var och en för sig. Sverige var det viktigaste upptagningsområdet, men de fick jobba över hela Norden. Arbetet var rätt fritt, och man fick se mycket av länderna som de betjänade. Det var ju förstås mest fågelperspektiv, men det stämde ju bra med kartorna. Det var i regel Norden, som var arbetsfältet, men när det gällde någon nordbo, som av olika skäl avled någon annanstans i världen, så fick de åka dit och göra tjänst. Det kändes helt rätt att hjälpa andra i deras svåra stund, och de växte med uppgifterna. Naturligtvis blev allt en rutin så småningom, och själva spänningen med uppdragen tog slut. Det började kännas lite mekaniskt, och det var lite konstigt att det var så svårt att hålla reda på tiden. Det gjordes ingen skillnad på olika dagar, och till slut smälte allt samman i ett enda töcken. I evighetens perspektiv var det helt enkelt inte viktigt hur lång tid olika uppdrag tog, och inga kalendrar fanns att hålla sig till. Allt var ganska flytande. Mellan uppdragen fick de vara i sin lägenhet i ovanjorden. De kunde gå på föreläsningar och höra musikframträdanden och uppläsningar, men det var svårt att få en riktig hemkänsla eftersom de så ofta var borta. Visst var det en fördel att få arbeta utomhus, hellre än att sitta vid bokföring hela dagarna.

Det här med evigheten var dock lite svårt att tackla för både Thomas och Veronika. En känsla var att man stod stilla i tiden på något vis. Man blev ju aldrig äldre, vilket förstås var en fördel, men frågan "ska det alltid vara så här?" inställde sig med regelbundenhet. Att allt flöt ihop i minnet var ganska självklart, kanske var det bäst om långtidsminnet försvagades en del? Om man hade föreställt sig en tillvaro med ständig lyckokänsla så stämde det inte med verkligheten. Eller var det just vi som hade svårt att förlika oss med omständigheterna? Är det hoppet att någon gång få komma tillbaka till Eden som ska göra att vi kämpar på?

Är Paradiset och Helvetet egentligen samma plats?

Alla yrkesgrupper fanns representerade i ovanjorden, så när Thomas insåg att han behövde prata med en psykolog, så fanns det åtskilliga att välja på. Veronika avvaktade för sin del, Thomas fick vara "testpiloten". Föll försöket väl ut så skulle hon också hoppa på psykologterapin. Svårigheten att välja rätt psykolog var uppenbar, folk pratade hit och dit, men han gjorde sitt val till slut. Han tog en som Kalle kunde rekommendera.

Personen gick lite i retrostil. Han verkade vara i övre medelåldern, hade tweedkavaj med läderlappar påsydda över armbågarna, hornbågade glasögon, ett välansatt grått och ganska kort skägg, samt en begynnande flint. Ur ena bröstfickan stack en vit näsduk upp, ur den andra skaftet till en pipa. Nikotindoften var ytterst diskret, men den fanns där, liksom doften av en minttablett. Han log lagom mycket när han fattade Thomas hand i sina båda, och bugade lite lätt när han presenterade sig som Potifar, med en ganska mörk, behaglig röst. Han höll kvar en hand på Thomas arm och lotsade honom in till arbetsrummet där de skulle ha sina sessioner. På fötterna hade han välborstade svarta skor, men Thomas själv fick förslaget att han skulle ta av sig sina skor för att känna sig mer avslappnad.

I rummet fanns en schäslong med förhöjd huvudända, men han blev bjuden att slå sig ned i en läderfåtölj, och om han ville lägga upp fötterna på en läderpuff, som stod bekvämt till hands, eller kanske rättare sagt till fots, så skulle det gå bra. Potifar satte sig i en annan fåtölj på andra sidan av ett litet brunt bord, prydd med en duk av virkad spets, på vilken det stod en kristallkaraff och ett par eleganta glas. Psykologen pekade på karaffen och frågade om de skulle inleda med varsitt litet glas sherry för att kunna slappna av bättre?

- Ja tack, varför inte, tyckte Thomas. De smuttade försiktigt och Thomas såg sig om i rummet. På väggen mitt framför hans ögon hängde flera diplom, som vittnade om yrkesmannens kompetens och erfarenheter, från disputation till professorsinstallation. Bredvid hängde ett porträtt av den store Sigmund Freud, som alla kände igen. Väggen bakom Thomas rygg var full av bokhyllor, helt fulla av böcker av olika storlekar och färger. Många böcker låg på sidan över de böcker som stod på vanligt sätt i hyllan. Det fanns ett skrivbord också. Det var av ljus ek, och till Thomas förvåning stod det en gammal gåspenna i sitt ställ, men det var nog mest dekoration, för det fanns vanliga reservoarpennor också, och olika typer av skrivark.

En liten blomkruka fanns också, och i den stod stora vackra, vita blommor.

Potifar som hade noterat att Thomas beundrade blommorna, insköt att det var magnolia, sådana som Billie Holiday brukade pryda sig med och bära i sitt svarta hår. Där råkade han avslöja sitt intresse för jazz.

- Ja, nu är du här, så vi får väl börja lite smått, inledde Potifar. Du vet nog redan lite grann om mig genom att ryktet går, och du ser mina diplom på väggen där. Jag är alltså utbildad psykolog, och i min verksamhet har jag ägnat mig åt personlig psykoterapi. Så där, mera behövs väl inte just nu. Du har ett problem som du vill ha hjälp med, men hur jag ska hjälpa dig beror mycket på vilken person du är, så nu får jag be dig prata om dig själv en stund. Jag vill helst avstå från att ställa frågor, jag vill hellre att du berättar vad du intuitivt tror att jag behöver veta om dig.

Då hade alltså Thomas fått ett rätt stort eget ansvar att inleda terapin med uppgifter om honom själv. Det borde rimligen vara bäst att börja med jordelivet, så han pratade om familjen, skolgång, förhoppningar och problem i skolan, yrkesval, hans hobby, som var att spela jazz på altsaxofon – här ljusnade Potifar plötsligt och märkbart – militärtjänst som telegrafist på I4, studier i sociologi och anställning på försäkringskassan, intresset för snabba bilar och hur det blev en bilolycka som abrupt ändade hans jordeliv. Potifar slog beklagande ut med händerna och skakade på huvudet. Det här tog sin tid och så var plötsligt första sessionen över, men den skulle följas av många fler.

Potifar sa inte mycket under seancerna. Han hade ett minspel som var mycket deltagande, han nickade och hummande och såg hela tiden intresserad ut, så Thomas pratade på. Det fria flödet av associationer skulle väl vara terapeutiskt, men ibland tyckte Thomas att det var mycket prat från hans sida och väldigt lite från Potifars, så flera gånger ställde han direkta frågor. Hur skulle jag ha betett mig då... vad ska man göra om....tycker du att jag gjorde helt fel som...? Svaren blev alltid undvikande och svävande: Vad tycker du själv? Hur upplevde du situationen? Vad hade du för alternativ i din situation?

Om vi hade varit på jorden, tänkte Thomas, då skulle jag ha trott att psykologen bara drar ut på allting för att kunna debitera så mycket t d som möjligt. Men det kan inte vara förklaringen här, terapin är ju gratis. Det visade sig att nästan alla problem och konflikter löste upp sig efter att de hade skärskådats från alla håll och kanter. Det blev bara ett stort centralt problem kvar.

- Evigheten, sa Thomas, det är den som verkligen stör mig. Ingenting behöver någonsin bli klart, det känns som om man inte kommer någonstans, man är ständigt densamme, ingen utveckling och ingen försämring. Det är ingen press att åstadkomma någonting innan man dör, för man är ju redan död för det första, och för det andra så har ju tiden ingen bortre gräns för oss. Jag tror inte att människan är skapad för att komma till evigheten. Allt blir en vana sedan hur lång tid som helst, hur ska något kunna vara spännande, hur ska man kunna känna att man utvecklas, hur ska man någonsin kunna bli överraskad? Frågan är om man måste vara någon slags idiot för att kunna vara lycklig? Åtminstone skulle man behöva operera bort långtidsminnet för att stå ut.

Jag vill ta ett exempel. Min fina altsaxofon var min bästa leksak, jag älskade att spela och kämpade för att bli bättre och bättre. Min idol var Charlie Parker, vem annars? Många av hans soli finns publicerade i böcker, och man kan jobba sig igenom solo efter solo. Melodierna kan man klara av till slut, men hans soli är fortfarande ursvåra att få någon fason på. Men här skulle jag förstås ha hur mycket tid som helst. Till slut skulle jag kanske bemästra hans soli, jag skulle kunna lära mig dem utantill, jag skulle även kunna spela dem snabbare än mästaren själv gjorde. När jag väl lärt mig detta skulle jag kunna spela hans soli tusen gånger till. Skulle det vara något nöje? Jag skulle kunna gå över till något annat, men slutresultatet skulle bli detsamma: jag bemästrar min uppgift, men har fortfarande kvar en evighet att fylla ut. Evigheten förstör allt, eftersom det man älskade mest kommer man att bli hjärtligt trött på. Vad gör man då? Ingenting kan motverka att evigheten eroderar allt. Det man älskade mest kommer man att börja hata, och vad finns kvar sedan? Det man trodde var himlen skulle i själva verket visa sig vara helvetet. Och det skulle bara bli värre och värre ju längre in på evigheten man kom. Himlen för nykomlingarna blir helvetet för dem som varit där för länge. Då finns ingen hjälp,

52

evigheten bara håller på och håller på, vem kan hoppa av? Det här är mitt värsta problem – låt mig hoppa av för en tid åtminstone, låt mig få något annat, men behålla en möjlighet att komma tillbaka. Kan man tillfälligt hoppa av evigheten?

Inte förrän denna kärnpunkt utkristalliserat sig kände sig Thomas riktig förstådd. Han hade nu jobbat sig fram till en formuleringsfömåga för att även kunna berätta för Veronika vad han kommit att uppnå i sin självrannsakan, och det dröjde inte länge innan Veronika insåg att hon hade samma problem. De hade det bra på många sätt, men bördan av en evighet tryckte dem båda ner mot marken, om detta uttryck var tillämpligt.

Det slutliga experimentet

Potifar hade kommit till den stora stötestenen i sin terapi. Evigheten! Man måste kunna ta sig förbi den på något sätt. Att stänga av en själ kunde troligen bara göras på ett sätt. Evigheten var omutbar, den bara fortsatte, men plocka bort en enstaka själ var faktiskt inte helt omöjligt. Potifar gick i sina tankar, som ledde honom i olika riktningar. Saker han hade hört talas om, men inte hade egen erfarenhet av. En konsult, så måste det bli. Han behövde hjälp. Hjälpen måste komma uppifrån, dvs från flera våningar högre upp i GUD än där han själv befann sig. Han hade sina kontakter, individer som varit med längre än han själv, som hade talat med fler människor, som hört viskningar och rop. Fråga den och den, hänvisas hit och dit, kartlägga en möjlig handlingslinje. Han skrev upp många tips, fick inside information; den personen hade gjort något märkligt, hör med en viss person si och så. Vägar verkade öppna sig, en vänlig person vars existens han inte ens anat, kunde plötsligt sätta honom i kontakt med andra. Här fanns möjligheterna! Till slut audiens hos en person som medgav faktum, undantag kunde göras, levande själar kunde omplanteras.

Nu behövdes en psykoterapiseans till, men nu måste konsulten ifråga vara med och tala med Thomas, och nu måste Veronika vara med också. Båda två på samma seans. En storseans!

Nog kändes det att det var en speciell stämning i Potifars terapirum. Thomas och Veronika ombads denna gång sitta ned i soffan, och Potifar installerade sig i en karmstol på andra sidan bordet. Den stora fåtöljen var ledig för en gäst som inte kommit än. Så knackade det. Potifar gick för att öppna.

Mannen som svepte in var lång och smal, med glasögon, ålder förstås obestämbar. Han var klädd som om han just hade kommit från någon slags operation: han hade vit rock över ett par vita kirurgbyxor, och en blå skjorta liknande den som kirurger har när de går omkring utanför operationssalen. På fötterna hade han gröna träskor utan några strumpor. Han blev presenterad som Eskil Vittbereste. Hans entré påminde om en jäktad kirurgs, men när han gjort sig hemmastadd i fåtöljen utstrålade han i stället ett stort lugn, som är sällsynt hos kirurger. Han gjorde nu intryck av att ha all tid i världen till sitt förfogande, och det har aldrig några riktiga kirurger. Hans intresserade ögon verkade notera allt viktigt hos både Thomas och Veronika. Dessutom verkade han se lite intressanta detaljer hos Veronika. Han nickade lite för sig själv som om han fått någon diagnos bekräftad. Potifar bjöd runt sin Sherry och småpratade lite hemtrevligt för att alla skulle känna sig lugna och tillfredsställda.

Potifar började sin presentation av Thomas och Veronika, och rekapitulerade de viktigaste slutsatserna av deras samtal hittills.

- Ja, Thomas, sa han, har jag rätt i min slutsats att du har drabbats av fobia aeternitatis, eller på vanlig svenska, evighetsfobi? Du finner djup olust i tanken på att ingenting av vad du gör någonsin kommer att ta slut, eller hur?

- Visst, helt korrekt. Hur bra jobb jag än gör, så tycker jag att ingenting spelar någon roll. Jag hade kunnat lägga dubbla tiden, eller tusen gånger tiden på min uppgift och fått samma resultat, så vad är mina ansträngningar till för? Vad tillför de? Han vred på sig av olust och rynkade pannan. Jag har det väl hyfsat bra med min tillvaro, ändå känns allt meningslöst. Ingenting tar ju någonsin slut, på det sättet kan heller ingen verklig utveckling ske. Allt är en spiral där man hela tiden kommer fram till startpunkten igen.

- Du har inte riktigt kommit fram till den tidsuppfattning som bäst passar här, tyckte Potifar. Du har en linjär tidsuppfattning och tänker framåt i termer av veckor, månader och år. Det är det du mår dåligt av. Här måste man tänka på ett cirkulärt sätt, observera dygnets förändringar från gryning till skymning, och vara tacksam när en ny dag randas… Inte tänka längre fram än de närmaste dagarna.

Eskil höjde handen, och hans överväldigande auktoritet gjorde att alla tystnade för att lyssna mycket noga till honom.

- Denna fobi är praktiskt taget obehandlingsbar med psykoterapi, som vi alla terapeuter erfarit många gånger. Du har bett mig komma för en enda speciell sak, och jag finner nu att våra vänner här sitter så hårt i fobins bojor att jag måste tala klartext med en gång. Han lutade sig fram mot Thomas och hans flickvän. Mina vänner, det finns en naturlig utväg från evigheten, som inte behöver betyda utplåning av individen, men en rejäl glömska för den tillvaro ni har nu. Ni har ju naturligtvis hört talas om själavandring?

De drog häftigt efter andan av förvåning. Visst hade de hört talas om det, men var det inte bara en myt?

- Jag ska försöka förklara lite enkelt. Ni åker på ett uppdrag till jorden ibland, eller hur? Era kroppar lämnar ni till synes medvetslösa på rummet, och era själar reser helt osynliga på uppdrag att möta någon annan själ som behöver hjälp? Nåväl, om själavandring ska ske kommer ni att ha en annan erfaren själ till er hjälp. Ingen jordisk innevånare kommer att se eller känna er. Men ni kommer att ha en speciell person som mål, en gravid kvinna. Hon ska vara i tidig graviditet, det ska vara just märkbart. Du kommer att följa henne. Vid något bra tillfälle, när hon ligger ned på rygg, ska du, osynlig som du är, bestiga henne och ligga ovanpå henne. Du kommer att penetrera henne, djupt, ända in i livmodern. Du kommer att kapsla in dig där, och när lilla fostret är moget att utbilda en själ, så är det du som tagit plats i dess inre. Du lever det barnets liv, du är dess själ, och du kommer inte att veta om något annat. Som alla mänskliga varelser kommer din själ att tas tillvara när individen dör, och du kommer åter att transporteras upp hit. Du får en ny period här, och kommer förhoppningsfullt att må bättre nästa gång. Om inte, så går det att göra om resan ett okänt antal gånger. Det är många personer som gjort en sådan resa, och dina obehag inför evigheten är inte unik.

- Ska jag också lägga mig ovanpå en gravid kvinna? frågade Veronika.

- Javisst, det är ju ingenting sexuellt, så det går till exakt likadant fast du är kvinna själv. Eller rättare sagt, när du kommer som naken själ, med en avlagd kropp, så är du varken man eller kvinna. Du kan lika väl hamna i ett pojkfoster, som i ett flickfoster.

Thomas och Veronika fick mycket att diskutera, och de verkade lite upprymda av de oväntade möjligheter, som de blivit presenterade. Potifar och Eskil slappnade av och bara lät dem prata på. De passade på att hälla upp mer Sherry åt sig.

För fullständighetens skull måste Eskil till slut tala om att en del extremt djurvänliga personer hade landat i kroppen hos en hund, katt eller möjligen något annat större husdjur. Det fanns ju människor som hade en tam apa eller liknande.

- Men de kommer väl inte upp till ovanjorden sedan, frågade Thomas som aldrig sett några djur på den plats där han nu vistades.

- Nej, det är helt riktigt, konstaterade Eskil. Men det är lite för stora själar för ett djur, så detta djur har speciell bevakning, berättade han. När djurlivet är slut finns det hjälparsjälar till hands som eskorterar själen vidare till en människa, och sedan är det den vanliga ruljangsen igen. Jag kan även berätta om en extrem djurvän som fick sin själ uppdelad i en massa småbitar, för han ville försöka komma in i ett helt stim med akvariefiskar, som han gillade. Ja det där var ju mest ett experiment förstås. Det gick inte något vidare, hans själ kunde inte tas till vara och återställas, så det var ju lite synd. Men nu vet vi att sådana experiment inte ska tillåtas.

Omplantering

Från Billdal i riktning in mot Göteborg tar man Billdalsvägen och kan från den svänga in mot Uggledal genom Uggledals byväg. Det är en återvändsgränd, som leder till ett något gammaldags bostadsområde. När man ställt bilen på en parkeringsplats är det apostlahästarna som gäller. Det är alltså ett lugnt område, där man slipper genomfartstrafik. Det finns många måttligt stora hus med många barn. Via en liten stig kommer man in i ett litet naturområde med träd och klippor ti l dess att ett staket skyddar flanören från väg 158. Det är inte något stort område, som tillåter motionsaktiviteter för människor, men för katter är det helt tillräckligt, och det finns gott om små gnagare och fåglar.

Lilla Lotta, 10 år, hade nu bråttom hem från skolan för hennes trogna vän, katten Fanny hade fått ungar. De hade nyss varit små mjuka bollar, som inte kunde annat än att pipa och dia, men nu hade de nyss fått upp ögonen och har börjat upptäckta världen. Så de jagade minsta papperslapp, och de hoppade efter små snören som hon drog framför dem! Lotta tyckte att de var de finaste små djuren i världen. Det var sex stycken, den ena vildare än den andra. Stora husse och matte tyckte att det var jobbigt att placera ut kattungar till bekanta, så nu hade Fanny fått sin sista kull. Sterilisering väntade. Katterna var av rasen europeisk korthår, som vissa kallade bondkatter. De allra finaste och tåligaste katterna enligt Lotta. Hon lekte, hon smekte dem, hon lyfte upp dem i sitt knä och helt enkelt älskade dem högt och rent. Hon hade tjatat sig till att få behålla två av ungarna, och aldrig behöva skiljas från dem. Dessutom visste hon precis vilka två hon skulle välja. Den ene, en pojk-katt var tigerrandig som sin mor, den andra, en flick-katt var mer fläckig i grått, svart och vitt. Det som var alldeles speciellt med dessa små kattungar var att de tycktes ha ett speciellt vänskapsband till varandra. De var alltid tillsammans, de låg ihop som ett litet nystan, och de verkade också ty sig riktigt mycket till sin lill-matte, Lotta. Supergulliga var precis vad de var! De älskade att ligga i hennes knä, och då startade den lilla motorn i kattkroppen, den som surrade så hemtrevligt. När de låg hos henne kunde inte Lotta göra annat än att sitta kvar, hon ville ju inte störa de gulliga små liven. Hon visste redan vad de skulle få heta. Det var faktiskt inga riktiga kattnamn, men Lotta hade absolut fått för sig att de var en liten Thomas och en liten Veronika. När hon kommit på detta kändes det så helt riktigt. Hur hon hittat på de namnen kunde hon faktiskt inte förklara riktigt. Det var nästan som en ingivelse från ovan.

Två kattsyskon

Spaning från rymden.

Rymdskeppet svävade 600 meter över marken dolt i ett moln. I styrhytten fanns en enda vakt, medan resen av besättningen var samlad i det stora konferensrummet.

Två stycken fyrfotade spanare hade nyligen hämtats upp och avlade nu rapport om jordens invånare för rymdskeppets besättning, som kommit från ett avlägset hörn av universum. De hade få likheter med jordens invånare, och man kunde då lätt tänka sig att jordborna såg mycket konstiga ut enligt deras sätt att se. Deras ärende verkade vara att söka efter intelligent liv på andra planeter, kanske med tanke på framtida kolonisering. I alla fall hade spanarna både fotograferat och filmat många olika djurslag och människor på jorden. Först visades bilder på vilda och tama djur, därefter förevisades de mest intressanta fynden som var hundar, katter och människor. Råttor och möss var också mycket intressanta, mest för att de hade vissa yttre likheter med rymdskeppets besättning, fast kanske inte lika stor mental kapacitet.

Det var helt klart vilka varelser som var drivande för att olika saker fungerade på jorden. Det var förstås människor. De slet från morgon till kväll. Emellanåt hade de sina olika nöjen, men det dröjde aldrig länge förrän de återigen slet ut sig i sina olika verksamheter. Inte alla var sysselsatta, men de som inte var det, verkade mycket olyckliga för den sakens skull. Människorna utsatte sig t. o.m. för många obehag i sin dagliga sysselsättning, och en del råkade så illa ut att de blev skadade eller dog. Trots det fanns det alltid nya som tog deras plats. En hel massa bilder visade nu på mångfalden av människornas sysselsättning. Man visade bilder av stora städer och motorvägar. Dessa jämfördes med bilder av myrstackar i skogen. Det var i princip samma sorts arrangemang med arbetsmyror både i skogen och i människornas värld, det var bara skalan som skiljde, och att människor hade lärt sig att använda en mängd hjälpmedel. Dessutom använde människor massor med ord. Man hade lyssnat mycket ordentligt vid myrstackarna, men om ord användes där så var volymen så låg att de inte gick att uppfatta trots känsliga mikrofoner.

Sedan visades en massa olika hundraser. Dessa djur var oftast tillsammans med människor. De verkade ibland ha vänskapsband, men ofta var det ett förhållande som verkade som herre och slav. Det var inga tvivel om att hundar tog order från människorna och lydigt utförde många uppdrag, även om hundar och människor stundom verkade roa sig med varandra. En del hårt arbetande hundar hade uppenbarligen svåra uppdrag, som det hade behövts mycken speciell träning för att klara av.

Så visades till sist bilder av katter. Det var också flera raser och olika färger. Katterna verkade både listiga och misstänksamma. Rymdspanarna hade aldrig lyckats komma riktigt nära eller fånga en katt. Hur man än hade spanat hade katter aldrig setts utföra något arbete. Man såg dem fånga andra små djur, men det verkade inte vara på direkt uppdrag från människor eller hundar. Trots att de inte hade några uppgifter var katterna välnärda och välmående och verkade trivas mycket bra i sin tillvaro. Genom spaning genom fönster hade man sett människor ge katterna mat, skyddade viloplatser och månat om dem på många olika sätt. En del katter borstades och pryddes med rosetter och annat. Småkatter fick människor att leka med dem och roa dem på många olika sätt, bl a med speciella kattleksaker. Människohus anpassades ofta till kattinvånarna med kattluckor, klösbräden och annat.

Det var helt klart att katterna hade mycket stor makt över människorna och inte behövde anstränga sig det minsta för att människorna skulle passa upp på dem på alla sätt. Den enda logiska förklaringen var att det var katterna, som var jordens egentliga härskare, och att människorna var deras arbetskraft på samma sätt som arbetsbin, oxar eller arbetshästar var människornas. Människorna var samhällets arbetsmyror. Det hade dock inte gått att finna ut hur katterna utövade sin makt, och det gick ej att se några kattkongresser, kattsammankomster eller kattomröstningar. Deras makt utövades på ett sätt som inte hade kunnat avslöjas, möjligen var det frågan om telepati. Det skulle förklara varför katterna låg till synes dåsande stor del av dygnet. De kunde kanske ha telepatisk kontakt med varandra och sålunda avgöra frågor utan att behöva träffas fysiskt. Mentalt befann de sig på kongresser, vetenskapliga sammankomster, på kattriksdagen, föreläsningsturnéer och liknande. De skulle i så fall helt klart vara de mest avancerade invånarna på planeten Jorden. Katterna skulle förmodligen vara mycket svåra motståndare om jorden skulle invaderas från rymden.

För att ytterligare understryka teorin om telepatiska konferenser kallade ordföranden fram en individ som presenterades som zoologie och psykologie professor Donald Rattus Senior. Denne individ hade tydligen vistats rätt länge på jorden, sedan ett föregående kort besök av ett rymdskepp, och nu skulle han tas hem.

Professorn hade en mycket slät, råttfärgad päls, som växte särskilt tät framför könsorganet och dolde det. Han hoppade upp på en pall eftersom han inte var särskilt stor i växten, men han hade inga svårigheter att stå på två ben. Frambenen använde han att gestikulera med.

Han började med att understryka att människorna lätt kunde tas för att vara jordens mest intelligenta invånare om man tittade på allt tekniskt som de hade uträttat. Medaljens baksida var dock att ce också alltid hade ställt till med fruktansvärda krig, som dödat oroliga mängder individer av deras egen art. Många andra katastrofer hace också förorsakats av människor. Deras intelligens verkade alltså minst sagt ha en destruktiv sida. Kattsläktet hade däremot aldrig, så vitt man visste, förorsakat något katastroftillstånd på jorden. Deras utan tvivel stora intelligens var således av mer godartad natur. Nu kom han till frågan om telepati. Först underströk han att alla däggdjur behövde återhämta sig med sömn, men att sömnperioden alltid var avsevärt kortare än deras vakna perioder. Nu skulle man inte låta sig förvillas av att björnar gick i ide under långa perioder. De hade då en ämnesomsättning på sparlåga, låg kroppstemperatur och ytterst långsam hjärtverksamhet. Inget av detta stämde in på katternas sömn. Varför kunde de då sova upp till nitton timmar per dygn? Nej, denna s.k. överskottssömn, var nog ingen riktig sömn. Mycket tyder på att de var sysselsatta med telepati. Tänk på hur de spritter till, ger ljud ifrån sig, och rör öronen. Vi vet säkert att telepati existerar, men alla individer kan inte utföra den. Här har vi dock en art som verkar behärska telepati till fulländning. Vi vet inte hur långt deras telepati sträcker sig, men säkert över stora avstånd. Vi tror att så mycket som fem timmar av deras inaktiva tid i själva verket kan vara telepati. Förmodligen är inte bara andra katter, utan också människosläktet mottagliga för deras tankeöverföringar. Det är kanske så som de påverkar människorna att i stor utsträckning handla i katternas intresse. Han tystnade och lät allt sjunka in hos åhörarna.

Föredragningen var klar och fick godkänt av befälhavaren. Han gjorde en slutsummering: Vi får tydligen kalla den här jorden "Katternas Planet". De varelser på jorden som mest liknar vårt skepps invånare är vanliga byten för katterna, så det är nog bäst att lämna den här planeten, och det ganska skyndsamt. Katterna bör nog inte få möjlighet att upptäcka oss.

Folk nedanför det stora vita molnet hörde plötsligt ett muller som av åska. Molnet lystes upp inifrån och skingrades sedan plötsligt och en tom himmel visade sig.

Kattestet på Guds existens

Vi måste någon gång komma iväg till Pardix och göra i ordning vår stuga för vintern. Äntligen kom vi iväg vid 11-tiden torsdag den 12/10 2017. Våra två katter var förstås med. Vi hade övervägt att lämna dem hemma, men att låta dem vara ensamma två nätter verkade inte så trevligt, även om vi fick någon att komma och ge dem mat. Vi var glada att de följde med.

Vi hade passerat Västerud och höll just på att runda Alstern när jag hörde krafsande i kattburen, kattklor mot plast, och sedan kom en tydlig odör, som skvallrade om att någon av dem bajsat i buren. Vi var alldeles strax framme, och då lyfte jag ut buren på gräset innan jag släppte ut dem. Båda såg rena och fina ut, och när jag tittade in i buren syntes ingen avföring heller. Inte förrän jag lyfte på skumgummibitarna som de låg på, fick jag syn på smetig gul utsöndring mellan plasten och skumgummit. Katter gräver ner sin avföring, och här hade den duktiga katten lyckats med att deponera den på ett sådant sätt att båda kissarna höll sig rena och fina. De var lyckliga över att bli frisläppta.

Fredagen var en solig och fin dag, och vi kunde göra allt som behövdes. Ett orosmoment var att Panter inte hade varit på plats på morgonen, och inte dök upp på hela dagen. På lördag morgon fanns han inte heller. Vi plockade lite med sådant som behövdes och väntade. Katten dök inte upp på hela förmiddagen. Då beslöt vi att åka in till Filipstad för att bl a lämna igen biblioteksböcker som Christina hittade. När vi kom tillbaka var vi förväntansfulla och hoppades på att Panter hade dykt upp. Men inte! Jag letade, ropade, väntade. Vi fruktade på allvar att han skulle vara borta, kanske en räv tagit honom. För att fördriva väntetiden gick vi på en promenad till älven. Om vi måste resa hem utan honom, skulle ju vår kära katt vara förlorad för alltid. Hur länge måste vi stanna om han inte kom? När vi återvände till huset såg vi inte till honom. Vårt mod sjönk ytterligare. Vi gick in i huset där Putte låg och sov på en brits. Plötsligt hörde vi ett litet ljud utanför, och där var kattrackaren Panter plötsligt. Han såg ut som vanligt, helt oskadd. Glädjen blev stor, och vi beslöt att fara hem genast, fast det var kväll. Vi ville inte vänta under natten och riskera att katten åter skulle försvinna.

Vi tog igen oss hela söndagen, lyckliga och glada att våra katter var välbehållna. På tisdag morgon kom inte Putte fram och ville ha frukost. Han kom inte under hela dagen. Det var ovanligt, för Putte brukade inte gå långt hemifrån och inte vara länge borta. Det var Panter som var mer äventyrlig av sig. Onsdagen kom och gick utan att Putte syntes till. Nu var vi oroliga för honom, kunde någon olycka ha hänt? Jag gick och letade och ropade men förgäves.

På onsdagskvällen åkte vi bort med bilen, på väg till sång-respektive musikrepetition. Vi pratade om det konstiga i att Panter var försvunnen i Värmland, och nu var plötsligt Putte borta när vi var hemma i Göteborg. Christina sa att det kanske var läge att be till gud om att katten skulle komma tillbaka. Ingen av oss är religiös, så det skulle vara en desperat åtgärd. Jag lyfte blicken mot biltaket och bad gud att skicka hem katten och lovade att jag i så fall skulle börja tro på honom. Vi fick gå och lägga oss med bara en katt i huset. Det var skönt att vi var hemma nu och inte behövde komma i det läget att vi åkte från en frånvarande katt.

På torsdagsmorgon var Panter inne hos oss i sovrummet, när jag hörde hur det klickade från kattluckan i köket. Jag rusade ut och möttes av en välmående Putte. Han var helt oskadd och konstigt nog ville han inte ha någon mat. Det var i alla fall fantastiskt skönt att ha honom hemma. Nu vet jag det. Gud hör bön. Har aldrig trott på det tidigare, men nu är jag skyldig honom en gentjänst. Jag hade ju lovat. Lovat men inte prisat.

Berättelser om Låtsasriket

Tore Tondöv

Jag som är berättare ska ta dig med på en tripp till det mystiska Bondböneriket, som existerar en gång per år en bit norr om Filipstad. Redan på slutet av 1800-talet bildades ett gille för förströelse av många som fick arbeta hårt, speciellt kolare som låg ute och vaktade milorna. I början av 1900-talet flyttades verksamheten till Kullbergsöa i sjön Alstern, och Bondböneriket bildades. Vuxna män lekte att de utropade ett fritt rike som var oberoende av Sverige. De hade en tron, regalier, uniformer och olika befattningar som konung, finansminister, Riskamiral, byxvaktmästare och allt vad de nu kunde komma att hitta på. Intresserade var välkomna att besöka dem på riket. Enda sättet att ta sig dit var med båt, företrädesvis roddbåt. Alla besökare hälsades av Kungen med frasen "Välkomna hit, när reser ni?" Detta ropade han i en stor megafon som han höll framför munnen. Det fanns också ett vikingaskepp vid namn Ormen Långe, som såg ganska verkligt ut med stort drakhuvud i fören, en rad med sköldar längs relingen och ett stort fyrkantigt segel. Man förväntade sig också en rad med åror, men fuskigt nog så framdrevs skeppet av en liten inbyggd dieselmotor, om inte seglet räckte. Det gjorde ofta turer runt sjön. Berättaren hade en gång besök av en fransman i sommarstugan med utsikt över Alstern. Rätt som det var kom skeppet seglande med sitt fyrkantiga segel hissat. Gästen for upp från sin stol, hoppade exalterad upp och ned och ropade "Un drakkar, un drakkar!"[1] Nu förtiden är drakskeppet permanent upplagt på land under ett tak, och det mest exklusiva flytetyget, som trafikerar Alstern, är en flotte, som en punschveranda med ett åttakantigt lusthus mitt på.

---

[1] Ett drakskepp, ett drakskepp!

Bondböneriket gav fantasifulla teaterföreställningar, som skildrade tillståndet i det imaginära riket. Föreställningarna gestaltade riksdagsmöten i Kungariket och kallades "spel," närmare bestämt Bondbönespel. De nyttiga bondbönorna kunde man göra en närande soppa av, och de var en symbol för riket. Rikets valuta var därför *böni*. När epoken med Bondböneriket på öa var över 1978, flyttades all rekvisita till bygdegården i den lilla orten Pardix norr om Filipstad. Namnet Pardix kommer från en bergshanteringsterm (/grupper/ av tio) och infördes av de fransktalande vallonerna, som hjälpte svenskarna att utvinna järn i Bergslagen. Bokstaven "x" i namnet uttalades som ett "s" av ortsborna. Tyvärr har det genuina namnet nu försvunnit från alla kartor, och benämningen är något så missvisande som Paradisgård. Det var i Pardix (sic) som bondböneriket återuppstod med riksdagsspel 2004, och spelen har fortsatt sedan dess. (*Se vidare Bondböneriket -Filipstads gille, Tommy Andersson, Birger Johansson, som man hittar på internet.*) Den drivande kraften var först Britt Källgarn, idéspruta och regissör samt innehavare av den ansvarsfulla rollen som byxvaktmästare.

Vi kör i augusti 2019 från Filipstad i riktning mot Karlstad, men innan vi kommer fram till Brattfors, svänger vi in på vägen till Sunnemo. Nu kör vi tills vi ser en skylt med texten "Bondböneriket". Denna skylt finns bara uppsatt den dag som bondbönespelet ges.

Vi parkerar på ett fält och köper inträde vid en bom. Nu är vi inne på en stor plan, och till vänster finns ett stort, rött tvåvåningshus, som är själva bygdegården. Det har förr i världen varit en skola. Berättarens mor har gått i den skolan. På högra kortändan av planen ligger ett brunt, tvåvånings timmerhus med en lång balkong, och där finns också en stång som på en brandstation, så att om man befinner sig på balkongen kan man hasa sig ned. På långsidorna finns ett par mindre hus, varav ett inrymmer minnen från Bondböneriket på öa. Detta utgör Filipstads minsta museum. Där finns en mängd foton från olika tilldragelser under bondbönespel, samt rekvisita. Dagen då spelet framförs finns också ett tält, som innehåller en ljudanläggning och inspelningsutrustning, och ett annat tält fungerar som omklädningsrum för deltagarna. Föreställningen utspelas på den öppna planen framför timmerhuset, där ett par bord är uppställda. Där finns också en gammal trätron, en mässingsklocka som man kan ringa i och ett kungligt avträde, där man bara får tillträde om man har ett särskilt ärende, som ni nog kan gissa. Vid sidan av huset, nära landsvägen står det gamla vikingaskeppet Ormen Långe under ett skyddande tak. Det får inte längre smaka Alsterns exceptionellt rena vatten. Publiken sitter på trästolar ditsatta framför ytan där handlingen tilldrar sig. Kloka åskådare har ofta med sig egna stolar.

Nu börjar spelet, som alltid har samma ramberättelse. Det är riksdag i kungariket och kungen och drottningen mottar rapporter om vad som tilldragit sig. Sedan utspelas små tablåer som ofta parodierar vad som hänt i Filipstad eller Sverige. Rollgestalterna bestämmer själva hur de ska agera, och har själva hittat på sina repliker, och de bestämmer hur de ska vara klädda eller maskerade. Det finns dock en regissör, som har en övergripande kontroll. Jag ska nu särskilt berätta om en säregen typ som kallade sig Tore Tondöv.

Han såg lite ålderstigen och sliten ut. På huvudet hade han en röd basker, som han fäst en rävrumpa i. På överkroppen hade han en vit tröja med ett tryck föreställande kvintcirkeln, vilket är en teoretisk konstruktion som beskriver hur tonarter och ackord hänger ihop. Inne i kvintcirkeln fanns hans eget ansikte med ett förvånat uttryck och med ett frågetecken i pannan. Han steg fram till en mikrofon och började "föreläsa".

Ja, hej på er allihopa. Så trevligt att så många kommit hit för att höra mig föreläsa. Jag ska berätta vad jag kommit fram till om riktig musik i den forskning jag ägnat det senaste året åt. Ja, att säga "forskning" är väl lite anspråksfullt, men ur min utgångspunkt, så är jag lite av en musikforskare. Jag vill öka mina musikologiska kunskaper. Nu har jag förstås en del belackare, som säger att mina kunskaper mest är musikologiska, men det kan jag sätta mig över. Belackare är ju lätt att vara, och sådana har man i regel gott om.

Som alla andra normala människor här i Pardix med omnejd var jag mest road av skrålsång, ylande elgitarrer och dunkande bas som genljöd i hela kroppen. Och dragspel förstås. Men en dag kändes det lite begränsat, så jag sa till mig själv - Tore, ja det heter jag ju, Tore Tondöv, varför går du inte och lyssnar på riktigt fin musik på Karlstad konserthus? Just så sa jag till mig själv, för ingen annan skulle nog göra det. Det är klart att det känns motigt att gå till ett ställe där man känner sig okunnig, ta på sig fina kläder, och ha nyborstade svarta skor. Men oborstad ville jag ju inte vara. Ja, det var bara att köpa biljett, så fick man gå in.

När jag gick omkring och väntade på att det skulle bli dags att börja, så hörde jag många kommentarer om att det var klassisk musik som vi skulle höra. Vad då klassisk? De menar väl inte att det är någon skolklass som ska framföra musik, det kan väl inte bli så bra? Men så sa någon att den här orkestern var i en klass för sig, och då förstod jag ju. Är de i en klass för sig, då är väl musiken klassisk. Så har jag också förstått att namnet på orkestrarna avslöjar vilken status de har. De riktigt fina heter något som Bostons filharmoniska orkester eller Karlstads symfoniker. "Sym" betyder med, och "foni" betyder att något ljuder. Egentligen heter det ju "phon" med ph som i Lena Philipsson. Tycker ni att det låter phonigt? Ljuder det bra ihop så är det en symfoni. Jag har för mig att jag hört ordet snyftfoni också, så då är det väl något sorgligt. Sämre orkestrar får heta sådant som Västeruds dysfoniker eller Forshyttans felharmoniska orkester.

Under min forskning lärde jag mig lite latin också. Det är så att "ljuda" heter "sonare" och ljuda tillsammans blir "consonare". Något som ljuder bra tillsammans bildar en konsonans, och tonerna är då konsonanter. Men ni vet ju att det finns vokala inslag också, och vokalister. Musiken har alltså som språket vokaler och konsonanter, och just därför heter det musikens språk.

Jag märkte snart att de alltid började med samma låt, det var väl som någon slags signaturmelodi. Låten var så fiffigt gjord att alla instrument blåste enstaka toner, i olika register och med olika klanger. Det slutade med en samklang, en konsonans, och om man jämför med bildkonst, så skulle det väl vara en sorts pointillistiskt verk. Det var skönt att början hängde så väl ihop med slutet så man slapp undan allt det långtråkiga som brukar vara i mitten. Stycket hette visst "stämning", men om det var vårstämning, aftonstämning eller något annat fick jag aldrig klart för mig. Så genialt att göra den korta låten och få den att slå igenom så stort! Jag misstänker att Bert Karlsson var kompositör, han har ju gjort sig bemärkt i den branschen.

Sedan händer det vanliga: det är en person som alltid kommer för sent in. Signaturen är redan klar. Dörren till scenen slås upp, och den här typen kommer inhastande. Folk klappar i händerna för att skynda på honom. Men eftersom han är sen, så är alla stolar på scenen upptagna. Något instrument har han inte heller. Han trodde kanske att det låg på en stol och väntade på honom. I så fall är både stolen och instrumentet borta. Han rusar fram till ett podium som står där, och i brist på bättre så får han tag på en smal pinne som han frenetiskt börjar vifta med, som om de ytterst skickliga musikerna inte skulle kunna hålla takten utan honom. Löjligt! Musikerna spelar, och han står där och försöker se viktig ut. Det här upprepar sig varenda gång, och ingen säger till honom på skarpen. Att han får hålla på så där! Musikerfacket måste vara mycket starkt. Det är stor skandal, det är just vad det är. Efter lång tid, och man har hunnit sova en stund, så har musikerna spelat färdigt. Då kommer den här senfärdiga (inte scenfärdiga alltså) typen på att han inte hälsade när han kommer in, så nu bugar han sig och hälsar på publiken.

Orkestern är jättestor. Den kan indelas i dunkare, plinkare, knäppare, gnidare och blåsare. Det är min egen indelning, men ni förstår nog hur jag menar. Här har jag också kommit på ett missförhållande. Gnidarna är extremt flitiga. De filar på strängarna mest hela tiden. De är alltså strängt upptagna. Kanske är det för att de sitter främst så att de har allas ögon på sig. Andra är inte lika flitiga, men jag har hört att de har lika mycket i lön trots det. Dunkarna klipper till bara någon enstaka gång. Långt upp till höger, står tre personer med sådana där långa, trumpetliknande instrument. De kallas basuner för att de är lite basigare än trumpeterna. De är av metall, men ändå tycks de vara elastiska på något konstigt sätt, för man kan dra i dem så att de blir längre. Det måste vara en mycket speciell legering. Nå, det jag skulle säga var att de minsann heller inte är så flitiga, utan de sitter overksamma långa stunder. Fy, säger jag, så orättvist. Men jag upptäckte att alla metallinstrument fick spela för fullt när det skulle vara riktigt starkt. Man kan säga att de fick ge järnet, fastän det var i bara mässingen. Förklaringen till att metallinstrumenten kallas "brasset" är att de kan brassa på ordentligt när det behövs. Då jobbar trumpeter, basuner, och horn, inte såna man har på huvudet, utan sådana man blåser i. Sedan är det de jättestora bastuborna. De är säkert tunga också, och då har vi fått en förklaring till uttrycket "heavy metal". "Bastuba" låter kanske som om de har något med bastubad att göra, men så är det inte. Här kommer jag osökt att tänka på att det har bildats en opinion för att få till en annan benämning för instrumentet trumpet. Bland kulturpersoner verkar man inte vara så förtjust i president Trump of the United States of America. Man vill inte att någon ska tro att instrumentet Trumpet är uppkallat efter honom. Här tänker man nu på ordet "phon" som har använts för att beteckna blåsinstrument, t ex "sousaphon" efter kompositören Sousa eller "saxofon", ursprungligen "saxophone", efter instrumentet som uppfanns av belgaren Adolphe Sax. Vi har ju också telefon som betyder fjärrljud. Nu har man även tänkt på trumpetens trattliknande klockstycke, så det självklara nya namnet för trumpet blir därför "phontratt".

Jag hörde när jag var i foajén, att orkestern innehöll fyra fagotter. Först undrade jag vad det var för instrument, jag hade ju aldrig hört talas om dem. Sedan kom jag på att det engelska ordet "faggots" betydde bögar, och då förstod jag ju. De får vara med på lika villkor som alla andra. Det är faktiskt mycket fint tycker jag. Ingen diskriminering alls av fagotterna. Så långt har man kommit inom musiken idag.

Det är imponerande hur alla får ligga i riktigt hårt i alla starka och snabba passager. Hur många tusen toner spelas under en konsert? Det lär fresta hårt på läppar och fingrar. Att de orkar är imponerande. Men det är väl därför som man har uttrycket "orkester".

Trots det mycket hårda arbete som de lägger ner ska ni inte tro att de har särskilt höga löner. Jo, de stora solisterna kanske, men inte de vanliga musikerna. Jag såg en gång stämledaren för fiolerna komma i sin bil. En sån sliten gammal Volvo, fläckig och repad, den var nog över femton år gammal. Kunde han inte köpa sig en ny? Men så hörde jag om hans fiol också. Det var en modell vid namn Tradivarius eller liknande. Namnet sa mig inget speciellt, men han som berättade upplyste mig om att den var flera hundra år gammal. Ännu värre än bilen! Sån skandal! Ska han inte ha råd att kunna köpa ett nytt och modernt instrument?

Tore pratade och pratade, och när han var färdig fick han livliga applåder. Jag förstod egentligen inte varför. Han fick också en del skratt, men kanske publiken mest skrattade åt honom personligen. Som tur var verkade han inte förstå det, så det blev aldrig pinsamt.

När hela spelet var slut kunde jag gå in i bygdegården och få en tallrik god bondbönesoppa. Det var en helt ny smakupplevelse.

Rollkaraktären Tore Tondöv fången i kvintcirkeln. Bredvid personen skymtar övre delen av en trombon. Tore vill kanske ge sken av att han kan spela på en sådan, men det kan mycket starkt betvivlas. Det är nämligen ganska svårt.

När jag blev Bondbönespelare

En vacker sommareftermiddag år 2008 pysslade jag nere vid bryggan på min egen lilla strand i sjön Alstern, ungefär 30 meter från sommarstugan. Då kom min kusin Karin nedför trappan till stranden. Karin är tillsammans med sin man Jan fastighetsägare för hela området med sommarstugor och deras egen permanentbostad en bit bort. Bostaden är en välskött gammal bergsmansgård, vilket känns igen på gjutjärns-skorstenen. När det blev sämre tiden för järnhanteringen i bygden hade hennes pappa, John, satsat på sommarstugor istället. Min far Harald, Johns bror, är uppvuxen i Pardix, och när han fick tillfälle att få en sommarstuga här så slog han till. Nu har familjen tillbringat mycken tid här i trakten varje sommar.

Karin talade med mig om bondbönespelet, som skulle gå av stapeln i augusti, och hon ville rekrytera mig till en roll där. Det är lokalt förankrade personer som deltar i spelet, men jag har tillbringat så mycket tid här och har också rötterna här, så jag räknas kanske till de lokala. Jag lyssnade intresserat. Hon ville ha mig i rollen som Näcken, och jag skulle komma in som en överraskning. Som Näck borde jag vara så naken som möjligt och iförd bara näckrosblad och blommor, men någon liten kalsong kunde jag nog ha på mig under näckrosbladen. Ja tack för det, det ville jag nog.

Jag gick in för uppgiften och plockade näckrosor med blad och stänglar och letade rätt på en liten bit nät som jag kunde knyta om livet och fästa växtligheten i. Till huvudet gjorde jag en krans med gula näckrosor.

Ett instrument behövde jag. Trombon är huvudinstrumentet, men det är inte någon höjdare att stå i en liten lyhörd sommarstuga och spela på den. Nu hade jag en liten sopransaxofon med mig istället. Jag fick hjälp av Karin att få tag på noter till Näckens polska och den skulle jag spela tillsammans med några jazzigare nummer. Jag tränade in musiken och funderade ut vad jag skulle säga.

På dagen för spelet gömde jag mig nere vid bäcken som rinner förbi platsen där showen tilldrar sig. Där finns ett litet förråd, och där stannade jag dold för allas blickar när jag hade klätt om till min näckutstyrsel. Jag höll utkik, och där kom Karin fram och vinkade till mig att det var dags för entré.

Nu klämde jag i med Näckens polska och steg fram framför åskådarna och de övriga uppträdande. Bondbönerikets kung och drottning satt på sina hedersplatser. De var inte förvarnade om min ankomst, men roade var de. De vinkade fram mig och intervjuade mig. Jag var låtsat underdånig och bugade och tilltalade kungen med Ers Majonäs och Ers kungliga högfärdighet. Han ville veta varför inte Näcken spelade fiol, och jag svarade att sedan min fiol tyvärr flutit bort i Alsterns vågor hade jag skaffat detta förnämliga mässingsinstrument, som jag tyckte passade alldeles utmärkt här i bergslagen, där man var mycket för metaller.

Hovdamen Tekla kom också fram och flirtade med mig. Hon var föreställningens primadonna med en stor lockig peruk och små tofsar påklistrade på blusen mitt på brösten, som strippor brukar ha. Jag frågade om hon ville följa med mig på en tripp söderut, och synbarligen förtjust tackade hon ja och frågade om jag menade ungefär som Italien eller Grekland? Nej, jag hade bara tänkt mig så långt söderut som till Ångsågen, vilket är vid Alsterns sydligaste del. Hennes entusiasm svalnade kanske något. Sedan var det dags för att spela ett par låtar iger. Efteråt talade Karin om att det hade varit mycket effektfullt när musiken plötsligt började forsa fram ur buskarna och självaste Näcken uppenbarade sig.

Jag hamnade med bild i Filipstadstidningen efter min debut. Bilden föreställde min rollfigur näcken spelande på altsaxofon. I bakgrunden såg man Nils på Nabben som höll för öronen. En bild på tidningssidan gick inte att få med i boken eftersom upplösningen ansågs vara för dålig.

Näcken i närbild blåsande i sin sopransax.

Kasserade bilder:

Inte mindre än sex bilder om bondböneriket såg bra ut på min datorskärm, men underkändes av förlaget pga dålig upplösning. Den läsare som ändå vill se dem kan maila mig och be om dem. leif.dernevik@gmail.com

Mannen från böljorna med kvinnan från städskrubben.
Näcken tillsammans med en " städerska" som brukar inleda spelet
genom att vara sysselsatt med städning på scenen redan då
publiken kommer. Hon är min kusin Karin.

Fortsatt medverkan

Det kom flera somrar och Bondbönespel skulle hållas. Jag ansågs nu vara en i ensemblen. Nästföljande år skulle av någon anledning konstnären Henri de Toulose-Lautrec gestaltas i spelet. Jag skulle försöka föreställa honom. När jag fick frågan om jag ville spela Toulose svarade jag glatt : "Sure, I have nothing to lose!" Och så fick det gå som det ville. Ett annat år spelade jag en amerikansk gangster. Jag hade en normal åskådarplats ibland publiken, men efter ett tag rusade jag upp, drog fram en pistol och skulle ta gisslan. Jag hade fått låna en pistol som smällde något förfärligt när jag sköt ett par skott i luften. Scenen slutade lyckligt med att jag blev övermannad och bortförd.

Min fru Christina blev också inkluderad i ensemblen, och från de första åren minns jag att hon spelade en japansk dam med parasoll och solfjäder. Hon sjöng något på japanska, som hon inspirerats till av vår sondotter med japansk mamma. En annan gång var hon sjöjungfru, tillsammans med en ung flicka, som också var sjöjungfru. Under de senaste åren har Christina mest föreställt litterära personer som Selma Lagerlöf, Tove Jansson m fl. Hon har också fått tillfälle ett sjunga av och till, särskilt i rollen som Zarah Leander, som har ursprung i Värmland.

Själv gjorde jag uppehåll med själva skådespeleriet för att satsa på att vara hälften av orkestern. Den andra hälften utgjordes av en mycket duktig dragspelare. Han spelade allt utan noter, men han kunde dock läsa noter, även om han inte tycktes behöva det för Bondböndespelen. Ensemblen sjöng många kända melodier unisont med hemgjorda texter, och dragspelaren kompade mycket kompetent. Sångarna drog igång, och eftersom de inte var professionella sångare var det lite si och så med tonarterna. De kunde dra igång i en annan tonart än den avsedda. Dragspelaren provade sig fram, hittade snart den rätta tonarten och så var han igång. När jag blev med ville jag att sångarna skulle få en ton eller ett ackord från dragspelaren innan de började sjunga, så att tonarten blev rätt från början. Jag ville inte vela omkring bland tonerna innan jag hittade melodin. Det fungerade av och till. Jag hade inte med mig sopransaxen i fortsättningen eftersom jag tyckte den var lite väl gäll och genomträngande. Flera gånger hade jag tenorsax och flöjt. Tenorsaxen var dock ganska ljudstark. På senare år använde jag altsax som var lite mjukare i tonen, och en gång hade jag med en basklarinett, mest för att instrumentet är lite ovanligt och ser rätt kul ut. Det har också hänt ett par gånger att jag inlett hela spelet med en fanfar på näverlur eller på signalhorn. De allra senaste åren har jag haft roller på scenen och kombinerat det med att spela.

Bilder denna och nästa sida:
En ambassadör, Pelle, från ett främmande land uppträder med japanskan med sin typiska packning på ryggen. Japanskan spelas av Christina Dernevik.

En musiker, Johnny, som kommit i stämning, samt piraten till
höger.

Herr Ågren möter den medicinska sakkunskapen.

Bondbönespel 2018-08-31 Rekapitulation

Jag är iförd svart, lockig peruk, svart slokmustasch och solglasögon. Under min gråa tröja har jag en kudde så jag ser kutryggig ut. Jag smyger osäkert omkring bland publiken bärande på en ihopvikt madrass, som jag vilar på ibland. Då och då får jag forskande blickar från de som står på scenen. Till slut frågar någon:

- Men vad är det där för en figur som smyger omkring där borta?

- Kors, det är ju herr Ågren, utropar fröken Finkel som nu fått rollen som psykiater. Kom nu herr Ågren och berätta för de snälla människorna här om vad som fattas dig?

- Nej, jag vill inte!

- Åjo, så farligt är det inte. Kom nu!

- Nej, jag törs inte.

- Vi har ju sagt att du ska berätta om dina problem och att det kommer att kännas bättre sedan. Kom nu sa jag!

- Får jag en Mogadon ikväl då?

- Ja, det är klart.

- Kanske rent av två?

- Nej hör nu, utpressning ska du inte ägna dig åt. Du ska i alla fall få vad du behöver.

Framför mikrofonen börjar jag berätta tveksamt om hur mina fobier började:

- Det började nog när jag såg det där TV programmet om Concorde, överljudsplanet.
Jag kunde inte låta bli att tänka på hur konstigt det måste kännas inne i kabinen. Om jag pratade med grannen i stolen bredvid, kunde han höra då? Eller var det någon längst bak i planet som hörde mig istället? Och vad konstigt när man landade och ljudet inte var med. Hade man en tidtabell för ankomsten av planet, och en annan tabell för ankomsten av ljudet? Säkert måste man vänta tills ljudet har kommit ifatt en innan man kan starta igen. Tänk att möta gamla ljudet när man går igenom ljudvallen, det måste väl vara väldigt farligt?
Jag låg hela natten och funderade. På morgonen sa de i radion att vi hade förlorat en timme under natten och att det var sommartid. Tänk att bara slarva bort en timme sådär! Men de lovade att vi skulle få den tillbaka i höst. Konstigt, går det att förvara tid så länge utan att den förstörs? Fryser man in den? Det är klart, jag vet ju att man ibland kan ta fram en hel dag när det är skottår. Finns det alltså ett förråd av dagar och timmar någonstans? Ett sådant förråd kan väl inte lämnas obevakat?

Som en följd av de konstiga överljudsproblemen kändes min hjärna lite överhettad, så jag tänkte ta en tur med bilen och slappna av. Jag kom till en fin park och parkerade utanför och gick in i själva parken. Vid ingången stod ett anslag med en karta. Jag gick dit och tittade. Mitt på kartan fanns en röd prick och bredvid den stod texten : *Här är du*. Det gick som en stöt genom kroppen och jag ryckte till. Hur in i själva glödheta... kan man veta var jag är någonstans? Är jag övervakad? Och inte bara det att man vet exakt var jag är, utan också precis när. Jag har ju just kommit, och skylten visar ändå alldeles rätt. Första dagen på sommartiden och skylten har helt rätt med både position och tid. Jag såg mig omkring, men ingen verkade ta notis om mig. Jag smög iväg till bilen och körde till ett annat ställe där jag visste att det fanns en liknande skylt. Försiktigt smög jag mig fram och med bävande hjärta kollade jag på skylten. Nu blev det som överslag i ett helt elverk i kroppen på mig, och jag fick spagetti i knäna. Där fanns en annan röd prick och texten: *Du är här*. Då var det ju helt klart att jag var övervakad. Minsta steg var kartlagt, eller var allt förutbestämt? Det vore ju ännu otäckare. Vilka bevakade mig? Var det Säpo, KGB eller FBI? Socialstyrelsen kunde det också vara förstås. Helt ruggigt! Men snart blev jag lite distraherad. En lite fyllig kvinna med stora bröst kom fram och lutade sig ner för att betrakta skylten på riktigt nära håll. Hennes mjuka bröst nästan trängde fram ur urringningen. Jag stirrade fascinerad. Det är ju märkligt med kvinnobröst hur de kan dra uppmärksamheten till sig. Man kan få se överdelen av brösten som framlyfta i en skål, eller man kan se brösten från sidan genom en glipa i blusen. Bröstvårtan döljs in i det sista, för den är allra hemligast. Men jag har allt sett kvinnliga bröstvårtor någon gång, helt oerfaren är jag inte. Och då visade det sig ju att de såg ut precis som mina egna! Men mina är det ju inget märkvärdigt med, och ingen skulle betala en krona för att få se på dem. Jag förstår naturligtvis att jag måste vara grundlurad på något sätt, men jag har ännu inte funderat ut hur.

Damen vände sig om lite och log mot mig. Då rös jag inombords. Jag fick genast den misstanken att hon försökte hålla mig kvar på platsen med sina stora, runda bröst som lockbete. Skulle några hinna omringa mig och skära av min reträtt? Jag måste skynda mig iväg. Jag gick så snabbt jag kunde, medan jag trots det försökte se nonchalant ut. Utan svårighet kom jag fram till bilen och drog iväg.

Hemma vid hyreshuset stannade jag på fel sida av huset, tog mig in i källaren och gick genom källargången mot min sida av huset för att förvilla eventuella förföljare. Jag kom sedan upp via min trappuppgång, öppnade min dörr och kom lättad in i min egen lägenhet.

Rullgardinerna var fördragna, och inga lampor tända. Det var mörkt. Jag törnade emot min soffa och ramlade raklång ner i den. Soffan är gul, men nu såg den bara grå ut i mörkret. Jag tände en lampa, och då blev soffan som väl var gul igen. Jag satte mig upp och fick syn på min telefon, som stod på ett litet runt bord. Jag lyfte luren och slog mitt eget nummer med tanken att det skulle lugna mig att höra min egen röst i örat. Men det var upptaget! Så lustigt, det var ju bara jag där, och jag pratade inte med någon. Hur kunde det vara upptaget? Jag försökte flera gånger, men hur snabbt jag än slog numret så hann det bli upptaget, och jag fick bara en lång ton i örat. Då förstod jag – mina fiender hade gjort något med min telefon! Var den inte avlyssnad så var den åtminstone saboterad.

Jag måste skydda mig, så jag sköt fram soffan mot ytterdörren och barrikaderade den på så sätt. Sedan blev jag sittande med ryggen mot väggen och bara skakade. Jag tappade helt uppfattningen om tid, men jag kurade nog i min lägenhet i flera dagar, åt inget, sov dåligt och hade inte kontakt med någon. Till slut blev jag nog ändå saknad, någon kom dit och hittade mig, och sedan blev jag förd till denna fina institution - *Pardix vilohem för de mentalt störda.*

Doktorn som hade hört på hela tiden, kom med vänliga inpass och tröstade så gott hon kunde.

- Det var väl ändå bra, Här blev du ju fint omhändertagen och du har ju blivit bättre?

- Ja tack, det var mycket fina läkare och trevliga sköterskor. Det var särskilt en lång och blond som såg mycket...kompetent ut.

- Ja, det var väl bra. Men säg mig, du hade ju barrikaderat ytterdörren, hur kunde någon komma in till dig då?

- Jo, det var inte så konstigt. Jag hade glömt att dörren öppnades utåt, och låst på riktigt hade jag inte. Det var bara att öppna och klättra över soffan.

Herr Ågren, alias L Dernevik pratar med sin doktor. I bakgrunden en författarinna spelad av Christina Dernevik. Rollkaraktären "fröken Finkel", Pia från Filipstad, som normalt saluför olika drycker och hälsoprodukter har nu uppgraderats till läkare.

.

Herr Ågrens monolog i lite annan form fanns med i boken Läkarväskans hemligheter från 2018 från Books on Demand. Den boken innehåller medicinska kåserier. Eftersom herr Ågren passar bra in i berättelserna om Bondböneriket så får han vara med här också.

En läkare talar till publiken, som han tror sitter och väntar på att få komma in till honom. Eftersom de är så många föreslår han att de ska börja klä av sig redan nu för att spara tid. Längs till höger ser vi drottningen av Bondböneriket. Läkaren gestaltas av Leif Dernevik.

Nästa sida: President Trump i Leifs skepnad har kommit på oväntat besök till Pardix. Han har kommit personligen för att få flera detaljer om vad som hände "last night in Sweden. Sweden! Of all places!"

Vid bordet Christina Dernevik, trädgårdsmästaren och riskamiralen. Omedelbart bakom Trump står karaktärerna Hekla och Tekla, samt längs till vänster Stenflisa.

President Trump agiterar.

Olika karaktärer i Bondbönespelet

De två damerna Hekla och Tekla i grön klänning eller kjol står ensamma på scenen och hälsar gästerna välkomna. Hekla är husmorstypen och har i spelet ansvar för hovets mat. Tekla är spelets femme fatale, och beskrivs som karltokig. Hon har flera dialoger med olika rollfigurer och sjunger i varje föreställning en egen sång, en gammal svensk schlager, nämligen *Lite kärlek är allt jag begär*, från 1953, som sjöngs av Brita Borg bland andra. Med bra komp så är melodin riktigt svängig, och Tekla (Lena) framför den elegant.

Efter välkomsthälsningen marscherar ensemblen fram mot scenen sjungande Pardixmarschen. Dragspelaren och saxofonisten går med, men om det är komp på keyboard och sax står de redan invid scenen. Kung Urban och drottning Kristina tar plats i centrum och kungen förklarar riksdagen öppnad. Vi får också se riskamiralen i elegant uniform. Det är Tommy som dragit upp riktlinjerna för vad som kommer att hända, och han fungerar som regissör. Bondbönerikets hela försvar ställer upp i form av hemvärnsmannen i enkel grå uniform. Nils på Nabben är en av de mest komiska gestalterna. Han väcker munterhet bara han visar sig. Han är en mycket rolig uppenbarelse i rustika kläder och mycket sned i kroppen. Nils på Nabben var en riktig person, ett bygdeoriginal, som min far kunde berätta om. Vi har också en pirat i en stram grön uniform. Han gör oftast entré genom att komma glidande ner för stången på huset bakom scenen. Han berättar om sina senaste resor, och han är också allsångsledare. Vi har vidare konstnären Karin, som visar olika projekt varje år, och författarinnan som kan vara Selma Lagerlöv, Tove Jansson eller någon annan, spelad av Christina. Fröken Finkel har dukat upp en buffé fullt med tinkturer och olika vätskor som ser rent skrämmande ut, och någon kanske innehåller en hel ödla, men hon påstår att allt har positiva effekter. Det finns en s. k. urinvånare vid namn Stenflisa, klädd i något riktigt lurvigt och bäranden en sköld med ett stort gäddhuvud fastsatt mitt på. Trädgårdsmästare – kan vara en eller två – sitter vid ett bord och småsuper hela tiden. En går till avträdet och sitter där med öppen dörr och släpper ifrån sig en sång.

Sunnemo streakers är ett motorcykelgäng, åtminstone halvt kriminella: en säljer droger, en säljer flickor etc. Senast var de lite åldrade, gick i barndom och bar blöjor allihop. Vi har också ofta en näck, men inte den ursprungliga, utan en uppkomlingsnäck om jag får formulera saken så. Övriga personager varierar allteftersom handlingen fordrar det. Senast spelet hade vi också med en låtsasindier, som såg nog så riktig ut. Det kan jag säga eftersom jag varit i Indien flera gånger.

Ensemblen sjöng Pardixmarschen när de kom, och sedan framfördes hyllningssånger till riket och till kungen till melodi av *Ja vi elsker*, och *God save the queen*. Som vi hört har Tekla sitt slagnummer, och när spelet är slut, och alla tågar ut sjunger man "Så går vi till vår ö", som egentligen är "Så går vi till Maxim". Däremellan har en hel del annat sjungits efter behov och behag. Publiken har fått sjunga med och har haft tillgång till tryckta sånghäften.

Spelet har nu framförts en lång rad år i början av augusti, men i coronans år 2020 har man varken haft repetitioner eller någon föreställning. Vi får hoppas att spelet kan återkomma när vi fått bättre tider. Coronan är ett dödligt virus, men det kan väl inte ta död på Bondbönespelet?

Christina i ett av sina mest förtrollande ögonblick.

Här är Pardix svar på GW Persson. Brottsligheten är markant lägre Pardix än i grannlandet Sverige. Aktören Bertil är också dragspelare och keyboardspelare och ingår i den senaste versioner av Bondbönespelets orkester.

Kung och drottning tillsammans med Hekla, två hovtärnor samt underst med Nils på Nabben.

President Trump på statsbesök i Pardix

Det hördes plötsligt tumult och upprörda röster från bommen vid ingången. Åtminstone en upprörd röst. Kung Urban bad Tekla gå dt och kolla vad det rörde sig om. Efter en liten stund kom Tekla ti lbaka med en burdus man med blond kalufs. Hon förklarade för Kung Urban att den här mannen var president Plump, nej förlåt Trump, och att vakterna vid bommen hade försökt hindra honom när han ville gå in utan att betala. Hon hade sagt att det var OK, och så fick hon med sig Trump. "Det här är ett statsbesök" muttrade Trump " då ska jag väl inte bli stoppad vid en löjl g liten bom.

"Oj då," sa kung Urban, "men vi har inte fått besked om att ni var att vänta".

"Ja då är väl postgången kass. Jag förstår att det är Postnord ni har här. Men jag får väl lov att presentera mig. Jag är President Trump från Amerikas Förenta Stater.

"Ja mycket välkommen herr president Trump" insköt Kung Urban, " Vad är det som föranleder besöket?"

" Ni ska ha klart för er att jag är USA:s bäste president sedan Abraham Lincoln. Ingen har åstadkommit så mycket som jag, och jag är ändå bara i min första ämbetsperiod. Jag valdes nästan enhälligt sedan vi... jag menar pressen... hade kommit på Hilary Clinton med konspiration med Putin, han pajasen i Ryssland. Men nu ska USA komma på rätt köl igen."

Medan han talade gjorde han vissa trevanden mot Tekla och försökte dra henne till sig, men hon vred sig undan. Lite smickrad såg hon i alla fall ut att vara.

" Jag blev distraherad av den här vackra kvinnan som ville flörta med mig. De är ju skapade så kvinnorna. Att är man rik och mäktig så blir de alldeles till sig i trosorna... nej trasorna tror jag det är som ni säger här. De vill att man ska ta på dem, och de vill bli greppade direkt på fi..."

Nu störtade Tekla rask fram och tystnade honom genom att lägga en fast hand över munnen på presidenten.

- Men vad tar ni er till människa?

- Jag räddade er just från att bli tvungen att tvätta munnen med tvål och vatten efter att ha varit ful i munnen. Allt enligt lagen här i Pardix.

- Nåväl miss, låt mig återkomma när jag har talat med kungen. How do you do, Your Majesty? Jag hoppas att våra förhandlingar kommer att bli framgångsrika. Ni har väl sett att jag twittrat lite grann om planerna? Men var är mottagningskommiten? Jag hade väntat mig en hel orkester, och så är det bara han. Trump tittade besviket på dragspelaren.

- När jag lämnade Washington stod en hel blåsorkester på plattan. När min sköna Melanie kramade mig till farväl, spelade de en vacker och passande melodi, nämligen The lady is a Trump, känner ni till den? Frank Sinatra sjunger den ibland, men här var det instrumentalsolo, på *Trumpet* naturligtvis.

- Dear King Urban! Bondböneriket är så litet, det behöver en mäktig allierad som USA. Jag ska hjälpa dig att göra Bondböneriket "great again", som på Rosendahls tid. Han var blåblodig av allt bläck, och bläcket flöt i strömmar. Då var det lätt att ta sig en bläcka, men man fick nog se upp så man inte fick en "black-out". För att bygga upp våra relationer behövs en ambassad här. Jag ska ta 140 man från vår diplomatkår i Ryssland och sätta dem här istället. Ert försvar är verkligen inte mycket att komma med. "Hemvärnsman" kallas det visst. Därför behöver ni också en skyddsmur, framför allt mot Västerud, för att hålla de lymlarna borta. Här nere vid sjöstranden ska den vara, det såg jag häromdagen när jag flög med Airforce One från Moskva till Washington. Vi gick ner på låg höjd just här för att se oss om lite. Jag ska se till att det blir Västerudarna som får betala för muren. Andra kan bygga broar, men jag bygger helst murar. Ingen gör det bättre än jag, men så är jag ju också, störst, bäst och vackrast. Släpp nu inte ut något i förtid till pressen. Murvlarna ljuger så mycket de kan, och är det inte ren lögn så är det en smutsig alternativ sanning. Tänk bara på myten om den globala uppvärmningen – ni har väl haft

regnigt och svalt här större delen av sommaren om jag inte är
felunderrättad? Så var är den globala uppvärmningen när ni som bäst
behöver den? Nå väl, vi förstår nog varandra och nu måste jag vidare.
De väntar mig i Hälsingsfors. Men jag återkommer, och då hämtar jag
ers Majestät, så vi åker direkt till vita huset. Airforce One går väl inte
att få ner på Brattforshea? Nej, jag tänkte väl det. Vi får ställa kärran i
Karlstad, och så kommer jag med en fin liten helikopter och plockar
upp er. OK, bye bye, old chap.

Och riktat till Tekla:

- Good bye to you too my dear. Jag plockar upp dig också, honey"
Han avslutar med en trumpatorisk gest och stegar bestämt iväg med
den blonda kalufsen galant fladdrande i brisen. Urban sitter kvar på
tonen försänkt i djupa tankar. Är det bra att samarbeta med den här
figuren, eller skulle det bara vara att trumpa i klaveret?

Sunnemo streakers, förr ett fruktat halvkriminellt gäng med motorcyklar, nu åldrade och de går i barndom. Alla tre har nu blöjor, fast det bara syns på Jan Sundelin i mitten. Nils på Nabben kikar fram från höger.

Föregående sida: Hovdamen Tekla med Nils på Nabben. Musikern och skådespelaren Bertil i bakgrunden vid sitt keyboard.

En deckarrock och tre nysningar

Efter studenten vikarierade jag som språklärare ett tag. När jag var på skolresa till Lübeck med klassen, där jag var föreståndare, hade jag på mig en ny trenchcoat och välstukad filthatt. Så kunde en ung man klä sig på den tiden. Trench betyder skyttegrav och påminner om regnrockarna som soldater i första världskriget bar.

Långt senare hittade jag en trenchcoat i en second-hand-butik. Den var precis likadan som den rock jag ägt när jag var ung. Jag köpte den och använde den ofta när ett regntätt plagg behövdes, men då jag inte ville gå med en riktig regnkappa. Det var ett perfekt plagg i blåsiga och regniga Göteborg. Den skyddade bra och räckte till långt ner på benen.

Som pensionär roade jag mig med att spela i tre olika orkestrar. I början av hösten hade Göteborgs Salongsorkester en spelning i Hagakyrkan, där vi spelade filmmusik medan gamla svartvita filmer visades på en stor skärm. Det var roligt, och det blev också uppskattat av publiken. Vårt musikinslag var inte det enda, och jag stannade kvar för att lyssna till ytterligare ett par nummer.

Det var sent på kvällen när jag ensam gick ner till spårvagnshållplatsen, insvept i min gamla trenchcoat och med mitt trombonfodral i handen. Många människor väntade där. Inslaget av ungdomar var stort, eftersom det var den tid på kvällen då ungdomarna går ut. En del var lite upplivade och hade ölburkar i händerna. Stämningen var lite uppskruvad och stimmig. En del tjejer hade så korta kjolar att jag blev orolig för att de skulle få blåskatarr.

Några av killarna iakttog mig, och jag märkte att de viskade till varandra och småskrattade.

Så vände sig en av dem till mig och frågade: Är du detektiv?"

- Nej, svarade jag och höll upp trombonväskan. Jag är trombonist.

Det var en vit lögn. Jag kunde verkligen inte på allvar göra gällande att jag var trombonist. Jag förstod snart att ungdomarna var lite förvånade och kanske lite charmade av den gamla trenchcoaten, och att de nog hade tankarna på Peter Falk i hans roll som kommissarie Colombo, som alltid gick i en gammal trenchcoat, vilken fungerade som hans varumärke. Colombo hade ett skarpsinne, som han dolde under en virrig yta. Bovarna åkte alltid fast.

- Rocken är ju cool, tyckte en av grabbarna. Får vi ta ett kort?

Javisst fick de det. Mobilerna åkte upp och genast ville flera av killarna vara med på kort och de trängdes runt mig. En ställde sig alldeles intill och la sin arm om min axel.

Jag blev nästan full i skratt över deras förtjusning över den gamla slitna rocken.

- Oj då, sa jag, det verkar som om jag har fått nya kompisar helt plötsligt!

- Jajamen, nu är vi allihop dina kompisar, försäkrade de.

Sexans spårvagn var på ingående, så jag fick snabbt göra mig fri från gänget och hoppa på.

- Hej då och tack för sällskapet! ropade jag innan dörrarna gled igen. Väl inne satte jag ned trombonväskan på golvet och brast i skratt. Jag kände mig helt oväntat lycklig.

Detta var inte enda gången då jag fick en oväntad kontakt med trevliga ungdomar. En annan gång satt jag på bussen och fick plötsliga nysningsanfall. De var nästan som trumpetstötar. Jag satte fingertopparna mot näsan och böjde mig intensivt framåt och lyckades väl också kväva några ytterligare nysningar. Sedan satte jag mig avslappnat bakåt på sätet och andades djupt. En av ungdomarna i ett säte på andra sidan mittgången böjde sig vänligt fram och sa "prosit". Med samma vardagliga ton svarade jag "Omen accipio". Det blev en förvånad tystnad. Ungdomarna tittade lite förbryllat på varandra. Så lutade sig den förste fram igen: Ursäkta, men vad var det du sa?

Jag förstod att jag blev skyldig en förklaring.

- Jo, du talade latin med mig, och jag tyckte det vore artigast om jag svarade dig på samma språk.

- Vad då, latin?

- Jovisst, frasen *prosit* betyder ungefär: må det vara till din fördel. De gamla romarna trodde förmodligen att nysningarna var ett slags förebud från gudarna eller kanske ödet. Du önskade mig mycket artigt och snällt på deras ädla språk att det skulle vara ett förebud, eller ett omen, som man också säger, om något gott och inte något illavarslande. Det höll jag med om, och därför sa jag att jag accepterade detta omen, underförstått som något bra."

Det blev en förvånade tystnad, efter att ungdomarna hade lyssnat mycket uppmärksamt.

- Oj då, sa den som pratat. Inte visste jag att jag kunde tala latin.

Det hade varit en ren njutning för mig att få ha deras odelade uppmärksamhet. Det var ju också rätt roligt att få lära ut något som de förhoppningsvis skulle komma ihåg ett bra tag.

Rökkramen

När denna episod utspelar sig har jag varit pensionär i flera år. Jag hade arbetat som thoraxkirurg, och som sådan sysslat mest med hjärtan och lungor. Inom lungområdet var lungcancer det viktigaste inslaget. De som kom till oss på thorax var en lyckligt lottad minoritet, de kunde opereras och hade chans att bli friska. Majoriteten av lungcancerpatienterna hade en för långt gången sjukdom och fick gå på lungkliniken och få cellgifter för att bromsa, men inte bota, sjukdomen.

Som thoraxkirurg var jag givetvis motståndare till rökning och gjorde vad jag kunde för att motverka den. Jag pratade i mina barns skolklasser, och det hade den effekten att färre av eleverna började röka. En artikel om rökning skickade jag till damtidningen Amelia i stället för en facktidning för läkare. Jag ville plantera information mitt framför näsan för min målgrupp. Alla vet att rökning dödar många människor, men det är konstigt nog tillåtet att ha ihjäl människor genom att sälja cigaretter till dem. När en del politiker rasade över vinster i välfärden, ville jag gärna påpeka det ologiska i att det skulle vara olämpligt att tjäna pengar på att hjälpa människor att få bättre hälsa, medan man inte gjorde något för att förhindra att människor dödades genom försäljning av giftpinnar. Där fick man tjäna hur mycket pengar som helst.

Som pensionär kunde jag släppa tidigare ansträngningar mot rökning. Nu fick andra ta vid. Det hindrade inte att jag kände mig beklämd när jag såg unga flickor och pojkar stå och röka. Särskilt rökande flickor var tråkigt att se, eftersom rökning blivit vanligare bland kvinnor än bland män, samtidigt som kvinnorna drabbades av rökrelaterade sjukdomar tidigare. Skulle jag säga till ungdomarna? Nej det vore nog inte effektivt, jag skulle nog bara mötas av avsnäsningar i stil med "det angår väl för fan inte dig, gubbdjävel". Min fru drog sig däremot inte för att påpeka att rökning var förbjuden, när folk stod och rökte i väntkurarna vid busshållplatser. Skulle jag kunna närma mig någon ung flicka och lite diplomatiskt börja med något som "Det gör mig ont att se en ung och söt flicka som du stå och fördärva sina lungor". Nej, jag tyckte själv att det lät patetiskt och jag trodde inte på att det skulle ha någon som helst effekt.

Min yngste son hade flyttat till Stockholm. Han hade ett fint jobb, en vacker sambo, två trevliga bonusbarn och nu en egen liten flicka, mitt senaste barnbarn. Min fru och jag hälsade på i Stockholm flera gånger för att träffa den lilla familjen där vårt barnbarn var det självklara dragplåstret för oss. En gång, när jag hade flera dagar i Stockholm, passade jag också på att ringa upp en gammal studentkamrat, som bodde i närheten. Vi träffades en kväll, drack en massa öl och pratade om gamla tider och om vad vi hade för oss i nutid.

När han skulle ta tåget hem följde jag med honom, och vi promenerade från Mosebacke, via Medborgarplatsen till Södra station. Vi tog adjö, och jag flanerade hemåt. Det fanns gott om barer längs Bangårdsgången, som jag följde tillbaka mot Medborgarplatser. Barerna var rätt välbesökta, och många ungdomar drev omkring utanför. En flicka i ålder mellan 20 och trettio år stoppade mig plötsligt, och frågade om jag hade en cigg åt henne. Det var en vacker och trevlig tjej, men måste hon verkligen ha en cigg? Nu upplevde jag det som sanningens minut, skulle jag bara säga nej och gå, eller skulle jag komma dragande med en improviserad föreläsning om rökningens vådor? Det var ju något som jag fantiserat om att göra någon gång.

Jag tog ett djupt andetag. Så förklarade jag att jag aldrig hade cigaretter på mig, att jag var en före detta lungkirurg, och att jag sett en massa elände pga rökning. Jag berättade om rökskadade lungor som jag hållit i mina händer. Om hur lungorna var alldeles sotiga och missfärgade av allt som en rökare drog ner i lungorna. Om hur flimmerhåren i bronkerna försvunnit, och att därför alla föroreningar bara kunde rasa rakt ner i lungorna, hur alla kancerframkallande ämnen låg där i sotet för evigt och frätte sönder lungorna. Det var alltså inte bara skräpet från cigaretterna, utan även alla andra föroreningar som finns i vår miljö, som ramlar motståndslöst ner i en rökares lungor.

Jag kunde inte avhålla mig, utan gav en målande beskrivning av hur alla otäcka substanser i rökpartiklarna ansamlades i lungorna. Hon stod tyst framför mig och avbröt mig inte. Stojet i omgivningen var det nu ingen av oss som hörde. Jag tyckte att jag hade berättat det nödvändigaste och blev tyst själv. Jag hade verkligen försökt att inte låta mästrande.

Vi såg på varandra i skymningen. Det var som om vi hade en träff. Bara hon och jag räknades. Så tog hon ett steg fram mot mig, slog armarna om mig och kramade mig. "Tack", sa hon tyst. Hon var kanske tjugofem år och jag ett halvt sekel äldre. Jag kramade tillbaka och kände att hon tagit emot utan att göra motstånd, och att hon förstått.

Vi gick åt varsitt håll, men jag kände en stor tacksamhet i mitt hjärta. Jag hoppades att jag satt ett frö som skulle gro, och som kanske skulle leda till att hon slutade röka. Möjligen skulle hon berätta för väninnor också om den gamle desillusionerade kirurgen, som hållit så många, nedsotade, kancersjuka lungor i sina förhoppningsvis skickliga händer. För mig var det ett privilegium att denna unga person hade lyssnat noga till mig. Jag hade inte trott att jag skulle kunna få en sådan kontakt. Tack, min nyfunna vän!

Sötnosen i trädet

Pappa Harald, som höll på att klippa gräset, tog en liten paus när han såg sin tonårsdotter Jeanette komma gående på gatan på väg hem. Hon var en skön och lite rolig syn, och var inne i en förändringsfas. Var hon just nu en flicka eller ung kvinna? Kanske både och? Kanske inget av dessa alternativ. Något mitt emellan? Ja så var det nog. En tonåring är nog en alldeles egen sort.

Hon gick rak och fin med bestämda steg, klädd i en liten topp, som lämnade magen bar. Hon hade en mycket kort vit kjol med röda små blommor. Höfterna hade börjat svänga av sig själva. På fötterna hade hon remsandaler med måttligt förhöjd klack. Hennes långa, blonda hår blåste henne i ansiktet, och hon skakade på huvudet för att kasta håret bakåt. Hon fick det aldrig att ligga riktigt i en ordnad frisyr, men det var charmigt nog när det var vilt och ostyrigt. Hon kallade det med viss rätt sitt "Brigitte Bardot- hår". Under sista året hade hon fått en toppig och framfusig liten byst, som ingen kunde undgå att lägga märke till. Stolt pekade den ut färdriktningen när hon gick gatan fram. Inte alltid gick hon fint som en dam, ibland hoppade och skuttade hon som ett barn, särskilt när hon hade en fnitterattack. I vattenpussar plaskade hon gärna lite extra. Hon bar stora solglasögon för att se lite mystisk ut. Hon gillade att kunna le lite outgrundligt, samtidigt som ingen visste vad hennes blick fixerades på. Munnen var skarpt rödmålad, men det var också det enda sminket hon hade i ansiktet. Nu sköt hon upp solglasögonen i pannan, fixerade sin pappa med klarblå ögon och höjde handen till hälsning.

I detsamma rusade grannens lilla beagle-hund ut på gatan för att hälsa på flickan. Hon hade kelat med den hunden sedan han var en valp, och nu böjde hon sig ner och klappade hunden på kroppen och huvudet, och kliade honom bakom båda öronen. Flickan älskade hunden, och hunden älskade flickan.

Det var kanske inte jättebra att böja sig fram så, klädd som hon var i en mycket kort kjol. Om någon hade kommit bakom henne, skulle denne troligen ha sett en bra bit av hennes stjärt, förstås nödtorftigt skyld av ett par små trosor. Tunna trosor. Pappa Harald blundade och bet sig i läppen. Han skulle inte säga något igen.

Rätt nyligen hade han frågat om det var nödvändigt för henne att gå i så korta kjolar.

- Men pappa, hade hon svarat förebrående, och lite förnärmad. Det är sommarlov och värmebölja, så nu tycker jag att det är all anledning att gå lättklädd. Mamma håller förresten med mig. Snart är det höst, och då blir det andra bullar och andra kjolar.

Jo, Harald kom ihåg att modern kommenterat en vuxen kvinna med mycket kort kjol, och sagt att det där är ju ren exhibitionism, det är väl bara tonårstjejer som kan gå klädda så. Det hade Jeanette glatt tagit fasta på. Hennes ben var vackra, släta och läckert bruna, och hon visade dem gärna. Modern hade informerat sin man om att nu hade Jeanette också fått könshår, och mensen hade börjat. Oregelbunden visserligen, men ändå. Modern hade velat tala om pojkar och sex, och hon hade framhållit att pojkars slarvigt påsatta kondomer inte var mycket att lita på. En ansvarstagande flicka skulle ha ett eget preventivmedel, ett pessar. Hon skulle gärna hjälpa Jeanette att få tag på detta.

Jeanette hade fnyst åt hennes bekymmer och sagt att när det gällde sex så visste hon minsann allt som behövdes. Rent teoretiskt alltså. Om hon ville skaffa sig pessar, så skulle hon lätt och diskret ordna det med hjälp av skolsköterskan, så det var alls inget hon ville diskutera hemma. Basta!

Den medelstora stad de bodde i hade vuxit och inkräktat på ett gammalt torp i närheten. Åkermarken hade inlösts av kommunen. Bara själva huset var kvar, omgivet av en stor gammal fruktträdgård. Huset var nu ett kafé vid namn Kafé Torpet. Så här på sommaren var det alltid fullt med gäster, som älskade att ta sitt kaffe och de hembakade bullarna ute i den fina fruktträdgården. Där fanns äpplen, päron, plommon, hallon och krusbär. Man kunde ta en korg och själv plocka så mycket frukt man ville ha, och man betalade den i kassan och flyttade över frukten till en tygkasse eller egen korg, för plast var inte tillåten. Träden var gamla, och mycket frukt satt så högt upp att man i regel behövde låna en stege för att komma åt den.

En kväll hade Jeanette varit på Torpet och fikat utan att ha någon vän med sig. Hon hade också plockat en stor kasse full med fina äpplen av gamla svenska sorter. Hon berättade, som svar på en fråga, att hon varit tvungen att klättra högt upp på en stege, och eftersom hon var ensam kom torpets ägare till undsättning och höll stegen åt henne, medan hon sträckte sig åt olika håll och plockade. Ägaren, gamle Torsten, var en man i sextioårsåldern, som gärna överlät servering och kaffekokning åt ett par ungdomar, som sommararbetade. Själv gick han mest omkring och såg till att allt flöt som det skulle. Och så höll han gärna stegen åt unga kvinnor, som ville nå högt sittande frukt. Åt pojkar höll han naturligtvis inte någon stege. De skulle givetvis visa att de var karlar för sina hattar och att de redde sig själva.

Nu måste Harald ge luft åt sina farhågor.

- Har du tänkt på att du står där en bit upp på stegen klädd i din korta kjol, och att den gamlingen står alldeles under dig. Det är klart att han tittar upp under kjolen. Han försöker få syn på dina trosor, och det ger honom säkert en del snuskiga fantasier. Han vill nog gärna se hur trosorna smiter åt om rumpan. Det tog nog en stund att plocka allt det där, och under tiden glodde han allt vad han orkade. Det är klart att han var belåten! Snusknummern.

- Tror du verkligen han var sån? frågade hon. Ja, se karlar, tillade hon och skakade på huvudet utan att se särskilt missbelåten ut.

Saken fick vara utagerad för den gången. Det tog knappt en vecka. och så kom Jeanette hem, fullastad med fruktkassar, denna gång både äpplen och plommon, efter att ha varit på Torpet igen.

- Fick Torsten hålla stegen åt dig idag? frågade Harald. Då fick han nog stå under dig en god stund förstår jag, så mycket som du har plockat. Kommer du inte ihåg vad jag sa förra gången?

- Jodå, sa Jeanette och skrattade gott. Men den här gången fick han minsann inte se några trosor. Om han är sån, att han tänder på det, så har jag grundlurat honom. Jag hade nämligen inga trosor på mig idag! Redan på morgonen tänkte jag att jag skulle gå till Torpet frampå eftermiddan, så jag har gått utan trosor hela dagen. Det har känts luftigt och jätteskönt, så det gör jag nog gärna om. Det får bli min trosbekännelse! Hon skrattade sitt kvittrande, glada ungflicksskratt och ögonen glittrade okynnigt. Harald bestämde sig för att tiga och gilla läget. Han ville inte förstöra stämningen. Att gamlingen tittar upp under hans dotters kjol gör i alla fall inte att hon riskerar att råka i olycka, så han får nog bara rycka på axlarna åt det. Hon måste väl också få ha sina små hyss för sig som den spralliga tonårstjej hon är. Värre bekymmer kan man nog ha med tonårsflickor. Så tänkte Harald i sin med åldern förvärvade vishet.

Gångna tider – långt före Metoo

En stor mängd kvinnor avslöjade under ett drygt år 2017 - 2018 att de blivit våldtagna, eller på annat sätt utsatta för sexuella trakasserier. Förövarna var män med maktpositioner. Det påtalades att kvinnornas vilja måste respekteras. Självklart, men måste viljan alltid uttryckas i ord? Ja, så verkar det ha blivit, men skriftligt medgivande med av vittnen bekräftade signaturer på ett protokoll erfordras ännu så länge inte.

Jag minns mitt 50-tal då jag själv var tonårspojke och naturligtvis gärna ville bli av med min egen oskuld. På den tiden var det inte så mycket sexualundervisning i skolan. Vi fick lära oss rena biologiska fakta, och man fick se bilder på körsorgan i genomskärning, och likaså bilder på barn som låg i en livmoder. Lite mjukare kunskaper, hur man närmar sig det andra könet talades det inte alls om.

Fråga föräldrarna? Glöm det, det gick absolut inte att tala med föräldrar om sådana saker på den tiden. Hur skulle man få veta något? Jo, man fick höra en del av äldre och erfarnare kamrater, men det var naturligtvis en mycket förgrovad bild man fick. Sedan hade man populärkulturen, som gav sin bild. Man fick inte fråga en flicka om hon ville knulla, ens om man formulerade om frågan riktigt skonsamt. Nej, så rätt på kunde man naturligtvis inte gå. Det vore ju som att be om ett nej. I schlagers bibringades man uppfattningen att kvinnor/flickor allt d sa nej för att framstå som moraliska, även om de egentligen var sugna på lite sex. De måste helt enkelt säga nej för att inte framstå som "horor". Mannen/pojken måste absolut ta något fysiskt initiativ och vara beredd att övervinna lite initialt motstånd. Motstånd som naturligtvis var till bara för syns skull. Detta var något som båda parterna var överens om, i alla fall kunde en oskyldig ung man lätt bli övertygad om det. Jag tror mig minnas en schlagertext som gick ungefär så här: "Din mun säger nej, men dina ögon säger ja". Detta var det material varmed var och en fick förfärdiga sin egen moraliska kompass. Någon officiell och färdiggjord sådan fanns inte att tillgå. Det var som i en historia jag hörde: Vad tar ni er till, otäcka karl – hoppas jag!

Jag var nog lite blyg för flickor, liksom mina bästa kamrater var. Det var klassens busar som inte var blyga. De höll upp porrtidningar framför flickornas ögon och gned ett finger mot fotomodellens sköte medan de skrattade fräckt. De tog flickorna i klassen på bröstet och klämde som om det var någon slags gummituta de skulle signalera med. Kanske försökte de också någon gång att lyfta på en eller annan kjol. Flickorna sa usch och fy, men de skrattade också, och de drog sig inte för busarnas sällskap. Men det kanske bara var de mest utåtorienterade flickorna som reagerade så. Det fanns också gott om flickor som var lugna och inte sa så mycket. De var inte heller föremål för så mycket uppvaktning.

För att lyckas med det täcka könet, måste individen av det otäcka könet vara lite tuff, även om han inte direkt var som busarna. Några sportstjärnor hade vi inte i vår klass. Tuffa var de killar som skolkade ibland, inte läste läxorna, och bråkade och sa emot lärarna. Extra bra var det om killarna rökte. På den tiden var inte rökningen så spridd bland flickor, som den senare skulle komma att bli. Det var alltså kaxigt och manligt att ta sig en rök. Cigaretten gick fint att posera med. Cigaretten kunde hållas erigerad snett uppåt precis som…. ja ni förstår. Killarna som gjorde allt det här rätt fick lätt kvinnligt, nåja, i alla fall flickaktigt, sällskap.

Själv hade jag lätt för mig i skolan, och kunde alltid läxorna, som jag lärde mig utan att behöva plugga så mycket. Plugghäst fick jag heta i alla fall, och sådana var inte de mest populära killarna, det måste man förstå. Det kunde också heta att jag var "förläst", och det var förstås något rätt skamligt. Om man satt med näsan mellan bokpärmarna allt för ofta, eller misstänktes för det, så blev man först närsynt och sen dum i huvudet. Så trodde man i alla fall.   Eftersom min far var lärare var det dessutom många tidigare elever, i högre klasser, som på skolgården gärna ville hämnas och klämma åt mig som en senkommen hämnd. "Jag ska ge den här jädrans förläste killen lite stryk", kunde det heta. Jag följde med undervisningen, och vad värre var, jag rökte inte.

Ja, ni hör ju själva – en sån jävla tönt! Stämpeln hamnade mitt i pannan. . Med en flicka i parallellklassen hade jag i alla fall en rätt långvarig flirt.

I skolan hade jag alltså inte den status som behövdes för att få tjejer. Det fordrades ett helt nytt sammanhang, för att min skolstatus inte skulle vara en belastning som hindrade mig. En sommarkurs i engelska i den exotiska staden Penzance på Cornwall. Jag tittade på en flicka, och hon tittade på mig. När vi kom för oss själva gjorde jag lite taffliga försök att förföra henne. Hon sa nej, men det var ju väntat, och helt enligt "protokollet". Det fick gå ett litet tag. Vi hade det ändå trevligt ihop, och jag gjorde ett nytt försök. Nu blev det inget nej, och jag blev äntligen av med min svendom. Flickan var långt ifrån oskuld, det förstod jag. Hon berättade för mig att redan när hon såg mig första gången tänkte hon att det var en kille som hon gärna skulle vilja ligga med. Stämpeln i min panna såg hon inte, den förbleknade då jag lämnade hemmiljön.

Men hon påpekade efteråt att hon sagt nej först, så varför försökte jag ändå?

Det var litet genant att slingra sig ur det problemet, men jag sa som det var att jag trodde flickor ofta sa nej för att framstå som moraliska, fast de egentligen ville. Ja, på något sätt förstod hon mig, och hon var inte alls arg på mig. Tvärtom var det nog. Hon måste ge mig rätt, och vi hade båda haft en mycket trevlig stund. Det skulle bli flera. Jag lärde mig mycket på den kursen, och dessutom lite engelska.

Det var kanske lite konstigt att min första sexuella framgång faktiskt bekräftade populärkulturens lärdomar, eller om det möjligen var fördomar: Flickor säger ofta nej med munnen fast hela resten av dem visar att de menar ja. Det här trodde jag länge att alla var införstådda med, men metoo gjorde gällande att så var det inte alls. Men vid det laget hade jag nog förstått det alldeles själv.

Guido da Arezzo.

Guido da Arezzo var en benediktinermunk som levde runt 1000-talet och huvudsakligen var verksam i den italienska stads-staten Arezzo, 8 mil sydost om Florens i Norditalien. Han verkade ha varit djupt engagerad i den liturgiska vokalmusiken, och hade uppmärksammat vilka svårigheter det var för sångarna att lära in och komma ihåg musikstycken. Det fanns redan en primitiv notering, neumer, som gav en "vink" (grekiska) om hur melodin skulle gestaltas. Det var den gregorianska sången som behövde noteras. Det fanns en notering av musik redan på 800 - talet, vilket omnämns i Musica Disciplina, en sammanställning om allt vad man visste om sång, skriven av Aurelianus från Rekomé. De toner som behövde noteras var enbart den diatoniska skalan, med det som idag kallas stamtonerna, med undantag av att tonen b (kallas också h) förekom i två varianter, durum och molle med en halvtons skillnad. Om man använde b durum tillsammans med tonen f, fick man ett tritonusintervall, vilket var både ogudaktigt och skärande för medeltida öron. Man kallade det Djävulens intervall. B molle var till för att förhindra denna fruktansvärda dissonans, bestående av tre hela tonsteg. De hexakord där dessa toner ingick kom att kallas hexakordum durum och hexakordum molle. Det motsvarar inte vårt dur och moll, men förmodligen är de moderna benämningarna hämtade härifrån.

Instrumentalmusik kunde också noteras. Kanske rentav lite lättare genom att det fanns olika system för tablaturer. Dessa visade ett stränginstruments strängar med markeringar om var man skulle sätta fingrarna.

Det tidiga notsystem som Guido konstruerade hade fyra linjer, motsvarande ett fyrsträngat instrument, men han kom på den briljanta idén att även mellanrummen kunde ges samma betydelse som linjerna. Både linjerna och mellanrummen åtskiljde toner med avståndet av en ters från varandra. För att möjliggöra ytterligare information i systemet laborerade han först med olika färger på linjerna, men denna idé kom inte för att stanna.

Antalet linjer varierade till en början, till dess att fem linjer blev standard.

Guido kunde nu hävda att till exempel korgossar med hans system skulle kunna sjunga en för dem tidigare okänd melodi. Detta förutsatte naturligtvis att de hade en "stämton" att utgå från, annars skulle ju absolut gehör ha förutsatts.

Han beskrev sitt system i boken Epistola de ignota cantu. Man skulle då kunna klara av att sjunga utan att behöva ta hjälp av monokordet för att få rätt ton.

Guido blev kallad till påven Johannes XIX för att demonstrera sitt system, och påven fick själv tillfälle att sjunga en nyligen noterad melodi efter att ha lärt in notsystemet.

Det nya notsystemet hade bara "nothuvuden" utan skaft, och inga klaver. Rytmen gick fortfarande inte att notera. Förmodligen fick rytmen avpassas efter texten och därutöver efter körledarens dirigering.

Guido gjorde en lysande pedagogisk insats när han illustrerace sitt notsystem med texten "ut queant laxis resonare fibris mira gestorum famuli tuorum solve poluti labire atum, Sancte Iohannes." De understrukna stavelserna i denna korta hymn följde stamtonerna och gav därför en hjälp att i minnet komma ihåg var dessa toner låg i förhållande till grundtonen. Ut byttes senare ut mot do som lättare kunde sjungas, och si tillkom senare. Si har härletts ut Sancte Iohannes. Man kunde nu sjunga en skala med relativa notnamn, vilket passade med vilken grundton som helst. Man får alltid ett halvtonsintervall mellan mi och fa samt mellan si och nästa do. Detta system kallas idag solmisation. Det förefaller som om detta uttryck vore härlett från själva sol misations-stavelserna.

Ytterligare ett pedagogiskt hjälpmedel var Guidos hand. Det var en schematisk figur föreställande en västerhand på vilken man skrivit in hela medeltidens sångbara tonförråd på bestämda platser, dvs fingertopparna och alla fingerlederna. Att det var en vänsterhand förklaras med att högerhanden användes till att peka med. Körledaren kunde hålla upp sin vänsterhand och med höger pekfinger visa vilka toner som skulle tas. Detta hjälpmedel var i bruk fram till 1600-talet. Det framgår inte helt säkert om "handen" faktiskt har uppfunnits av Guido, men eftersom den bär hans namn verkar det sannolikt.

Guido fick alltså en enorm betydelse och har ett rykte som stor musikteoretiker. Förutom Epistola de ignota cantu skrev han en formell lärobok, Micrologus som beskrev hans pedagogiska system.

Guido lämnade en bra grund för vidare utveckling av notsystemet. De förbättringar som tillkom gradvis under många år var klaver som talade om var på systemet en bestämd ton ligger. Om detta definieras, så räknar man lätt ut var alla andra toner ligger. Diskantklaven är ett utsirat G som talar om var denna ton ligger. Basklaven visar var f ligger och de olika varianterna av C-klav (alt och tenor) visar var tonen C ligger. Noterna måste också så småningom få skaft med flaggor som talar om noternas relativa längd, och man måste ha taktstreck som underlättar notläsningen och visar var den kraftigaste betoningen ska vara. Taktart kunde då också noteras, och användande av kromatiska toner medför att höjnings- och sänkningstecken, samt naturligtvis återställningstecken måste införas.

Framställningen är byggd på en hemtentamen inom ämnet musikvetenskap.

Den latinska versen betyder:

Rentvätta våra besudlade läppar så att vi, dina slavar, kan besjunga dina märkvärdiga bedrifter med befriade stämband, Helige Johannes.

Hexakord betyder sex strängar, och är en skala på sex toner.
Monokord är ett instrument med en enda sträng.
Epistola de ignota cantu betyder brev om en okänd sång.
Durum och molle betyder hård och mjuk.

Vad är en ren ton?

Tänk om någon ställde denna enkla fråga till dig, en fråga som samtidigt är så komplicerad. Visst kan du svara på vad en ren ton är, nämligen tonen A närmast över låset på mitten av pianot. Den tonen ska ju ska ha en frekvens på 440 svängningar per sekund. Ja, det är nu det. Modet har växlat även för stämningar, så tonen A har tidigare haft många andra frekvenser till dess att en standardiseringskommission 1953 rekommenderade att A skulle ha 440 svängningar i hela världen. Stämgaffeln uppfanns redan på Händels tid, men tonen A var då mycket lägre, så en riktigt gammal stämgaffel visar fel idag. Det finns inget av naturen givet riktvärde, allt är konstruerat av människan.

Nu kan man ju också lätt säga vad tonen A en oktav högre eller lägre ska ha för svängningstal, det är bara att fördubbla eller halvera tonens frekvens. Men hur ska vi komma fram till vad andra toner ska ha för svängningstal? Gamle Pythagoras, känd för sin matematiska sats, experimenterade på sin tid med strängar och kom fram till att intervall med stränglängden 3:2 eller 4:3 i förhållande till utgångslängden av en sträng med längden 1 klingade bra för örat. Förhållandet 4:3 definierar kvarten i skalan och 3:2 representerar kvinten. Dessa bråk multipliceras med t ex frekvensen 440 och ger frekvensen för kvarten och kvinten och, eftersom vi började på A, får vi tonerna D och E. De flesta som spelar är bekanta med kvintcirkeln[2], och om vi går runt hela kvintcirkeln och multiplicerar frekvensen för en ton, som man redan bestämt, med 3/2 så får man kvinten. Med lämpliga oktavförskjutningar så kommer vi att kunna definiera alla tolv tonerna i en oktav. Men nu visar det sig att det inte stämmer alls! När vi kommer tillbaka till utgångspunkten, så har vi landat på en ton som är lite för hög, nästan en kvartston! Detta

---

[2] En schematisk bild på kvintcirkeln ses på sidan 72. Fotot i centrum är naturligtvis inte med i den riktiga kvintcirkeln.

lilla frekvensöverskott kallas det Pythagoreiska kommat. Det blev därför omöjligt att skapa ett tonförråd som lät bra i alla tonarter. Tillbaka till ritbordet, eller för Pythagoras del till trianglarna, ja, inte sådana som man spelar på förstås! Sedan försökte man med övertonsserien. Alla toner (utom musikaliskt oanvändbara sinustoner!), består i själva verket av samklanger med själva grundtonen och s.k övertoner som automatiskt klingar med. Efter grundtonen en oktav högre kommer nästa överton som är kvinten (femte tonen i skalan), sedan nästa oktav och efter den kommer tredje tonen i skalan som kallas ters. Nu kunde man börja med att definiera ett helt ackord av grundtonen, tersen och kvinten. Men inte heller den rena treklangen var en bra grund för hela tonförrådet. Med de matematiska manipulationer, som blev nödvändiga, råkade tonsteg som skulle vara lika stora i själva verket bli lite olika beroende på var i skalan de fanns. Ur askan i elden alltså! Nya grepp efterlyses.

Fader Bach kom till undsättning lika beslutsamt som härföraren Alexander, som med ett svärdshugg löste den gordiska knuten. Han bestämde att avståndet en oktav skulle delas upp i tolv exakt lika stora intervall. Man fick acceptera en obetydlig skillnad mot de rena övertonerna och fick i gengäld ett tonförråd, som var lika användbart i vilken tonart som helst. Det firade Johann Sebastian med sin komposition "Das wohltemperierte Klavier": ett antal stycken i alla dur och molltonarter, som publicerades år 1722. Bachs tempererade stämning är den som används alltsedan dess, och den som möjliggjorde konstruktion av pianon och orglar med ett rimligt antal tangenter. Stämningen kallas ofta den "liksvävande temperaturen" eftersom mycket tonsäkra personer känner av en liten avvikelse, svävning, i förhållande till en absolut ren ton, som spelas samtidigt. Det handlar alltså inte om några svävande lik och inte heller om hur varmt det är.

Men drömmen om en högre renhet har inte övergivit musikerna. Instrument som inte har tangenter, t ex fioler, tromboner och människorösten, kan musicera renare än den tempererade skalan medger, om musikerna har öron nog för det. I mitt storband sade ofta en tidigare ledare åt mig att hålla ner tersen i ackorden, så att musiken blir renare enligt den tempererade skalan. När jag hörde en konsert på barockorgeln i Örgryte nya kyrka, som inte använder de tempererade tonerna, sa kantorn efteråt att det var en särskild njutning att höra de stora terserna enligt barockens stämning.

För några år sedan hörde jag en riktig elitkör, Rilke-Ensemblen, sjunga på en herrgård utanför Göteborg. Ett av styckena var komponerat av en dansk, modern kompositör: *Per Nörgård*. Klangerna var så täta att det var en aning jobbigt för örat. Kören ackompanjerades av en stor, fin konsertflygel.

I pausen stötte jag ihop med dirigenten. Jag ställde den rätt naturliga frågan: "Om ni sjungit utan flygeln, skulle ni ha intonerat mer otempererat då?" Han stirrade förbluffad på mig en stund, och frågade sedan om jag var musikteoretiker. "Inte alls" svarade jag, "jag är bara en intresserad amatörtrombonist".

Jag fick mitt svar i inledningen till andra avdelningen. "En trombonist ställde en mycket intressant fråga" började han och utelämnade artigt beteckningen *amatör*, som jag så väl förtjänade. Var är trombonisten? undrade han eftersom jag inte anmälde mig omedelbart. Då anmälde sig en annan person, som jag faktiskt kände igen, och han var verkligen en trombonist. "Nej, inte du" sa körledaren med ett avfärdande tonfall, så jag fann för gott att räcka upp handen. Han berättade då att kompositörens körnoter hade fullt med små pilar upp eller ned över noterna. Pilarna indikerade hur den tempererade stämningens noter skulle justeras för att få optimal klang i alla ackord. För min egen del höjdes stämningen påtagligt när han därmed förklarade att jag hade haft rätt i min förmodan.

Ett öde Sahlgrenska

Coronapandemin är över oss. Infektionen covid-19 sprider sig i Sverige. Namnet förklaras så: Co = coronavirus, vi d = viral disease, - 19 året då sjukdomen uppkom.

Den började i Kina och tycks nu ha spridit sig i hela världen. I Europa är läget allra värst i Italien. Idag den 21/3 2020 har vi 17 svenska dödsfall, och värst är det i Stockholmstrakten. Med tiden skulle dödstalen bli de värsta i Skandinavien och uppgå till mer än 5800.

Personer över 70 år anses vara särskilt sårbara, och vi har uppmanats till husarrest. Min son Gabriel har handlat mat åt mig och min fru flera gånger, och igår var min äldste son Markus på systemet åt oss. Christina och jag har isolerat oss sedan mer än en vecka. Vi går inte på gympa, och det går inte heller eftersom den stängt ner. Vi går inte på körrepetitioner eller orkesterrepetitioner. Vi är inte välkomna i mataffärer eller på apotek. Vi uppmanas skicka någon yngre. Naturligtvis går vi inte heller på några offentliga föreställningar. Det skulle inte vara mycket att välja på, praktiskt taget allt har stängts ner. Frölunda Storband har gått miste om två spelningar, likaså Moving Big Band. Moving big Band har ändå haft rätt stor tur. Vi var två veckor på turné i Indien och hann hem igen innan problemen började här. Göteborgs Salongsorkester har en spelning inställd. Även näringslivet stänger ner, om man inte vill säga att det klappar ihop. Hela Volvo Cars har stängt, så alla volvokarlar är arbetslösa. Läget är katastrofalt för restauranger och barer, som inte har några kunder, och för kulturarbetare är läget lika desperat.

Enda ljuspunkten för oss nu är dagliga promenader, särskilt då vi haft fint väder ett par dagar. Vår bakteriologiprofessor Agnes Wold i Göteborg har förklarat att viruset inte smittar utomhus om man inte går alldeles intill varandra. Hon har säkert rätt. Jag drar mig till minnes att alla epidemisjukhus, byggda före antibiotikaeran, består av separata småbyggnader för olika sjukdomar. Man hade märkt att vårdare som gick mellan husen inte fick någon smitta med sig. Den "blåser bort" utomhus. Titta på vårt gamla epidemisjukhus, som nu är konstepidemin, och består av flera separata byggnader.

En annan ljuspunkt är att miljön verkar må mycket bättre när de flesta flygplan står på marken. Man har påvisat kraftigt minskade mängder av miljöfarliga ämnen över norra Italien. Vi har varit elaka mot naturen, och nu slår den tillbaka mot oss. Skolorna är fortfarande öppna i Sverige, till skillnad mot läget i andra länder. Gränser är stängda, vi uppmanas att inte åka utomlands. I Kina har epidemin avklingat, men nu vaktar man gränserna för att inte få importfall.

I sjukvården råder ett slags undantagstillstånd. Man får inte gå till akuten utan att ha ringt innan. Man försvårar tillgången till sjukvård för alla som man tycker kan vänta. På upplysningsnumret 1177 är det mycket svårt att komma fram. Planerade operationer skjuts upp. Om man misstänker infektionssjukdom, får man omhändertas i en särskild fil utan att blandas med andra. Fältsjukhus planeras att sättas upp.

Man har satt upp sjukvårdstält utanför Östra sjukhuset, och på Sahlgrenska är ordinarie akutintaget avspärrat, man måste först tala med en vakt utanför. Usch, det låter inte fint med vakt, så vederbörande kallas värd i stället. En vårdvärd alltså? En sidoingång på Sahlgrenska är låst och patienter hänvisas till huvudingången, där det också står vakter, förlåt värdar menar jag förstås. Många andra dörrar är låsta och kan bara öppnas av personal med entrékort.

Jag tar en promenad i Botaniska Trädgården en dag vid elvatiden, och via Vitsippsdalen slinker jag in på Sahlgrenskas område. Jag ser en praktiskt taget helt folktom gård. Även på lördagar brukar det vara liv och rörelse, det finns ju normalt öppna kaféer, kiosker, blomsteraffär, bankomater mm, och bekanta på sjukhuset kan vara värda ett besök. Nu är det tyst som i graven, jag ser bara enstaka bilar som åker rätt igenom området utan att stanna. Någon enstaka flanör, som jag själv smyger försiktigt förbi. De flesta människor som jag ser är vakter, nej visst ja, värdar heter det ju. De går omkring eller står framför huvudingången eller framför akutintaget, och man känner igen dem på deras gula västar. En sitter på en stol vid ett av de mindre husen och bevakar ingången. Framför akutintaget har man monterat upp metallstaket, som leder en eventuell besökare, en vindlande väg, som på en flygplats, fram till ett litet vitt tält alldeles framför dörren. På avstånd, genom höga staket, ser jag personen, som skrudad i sin gula väst står där alldeles ensam. Det är helt tyst och öde överallt. Pga staketlabyrinten kommer jag henne inte nära. Vid akutintaget står en polisbil parkerad. På ömse sidor om huvudingången står två gula ambulanser, ytterligare en står på andra sidan om innergården. Tystnaden och tomheten ger ett kusligt intryck.

På matsalsdörren står ett stopptecken och sedan meddelandet att entrén är låst och endast får användas av personal. Jag kom mig inte ens för att prova mitt kort.

Inte en människa synlig på hela det stora området framför Sahlgrenskas huvudbyggnad.

Ingen försöker ta sig in varken via huvudingången eller akutintaget.

Fortsatt utveckling av coronasmittan. Läget i oktober

Under våren steg antalet smittade personer och dödsfall snabbt. Antalet döda var över 5000. Men kurvorna sjönk under sommaren. Man hoppades på en lugn höst. En del verksamheter drog igång, och folk började träffas igen så smått. En del jazzkonserter började igen, bland annat på Unity Jazz och på Kville Saluhall. Göteborgs Salongsorkester, där jag är med, planerade att börja spela igen med iakttagande av avstånd mellan musikerna. Personligen avstod jag från att delta, pga att Christina har diagnosen KOL och jag kan inte ta risken att dra hem någon smitta. Ytterligare några av medlemmarna avstod från att börja repetera. Ett annat storband som jag känner till har börjat repetera igen, men de storband jag är med i, Moving Big Band och Frölunda Storband avvaktar fortfarande. Medelåldern är hög i dessa orkestrar.

Tyvärr har smittan ökat igen i Sverige, och man har bättre siffror på antalet smittade eftersom man nu har resurser att testa både för förekomst av coronasjukdomen, och för förekomst av antikroppar. Efter att ha haft höga dödstal, framför allt på äldreboenden, så är nu dödligheten ganska beskedlig. Äldreboendena har nyligen öppnat för besök av anhöriga, men försiktighetsåtgärder används. Senaste siffran på antalet smittade är 97532, Stockholm är värst men V. Götaland kommer god tvåa. Dödstalen har stigit till 5892.

I Europa tilltar smittan kraftigt, och man tvingas till nedstängningar här och var. Spanien är svårt drabbat. England har också drabbat hårt. Insjuknandet har blivit fyra gånger högre än det var för några veckor sedan. Norra England är värst drabbat och sviktar under den ekonomiska bördan av att många samhällsfunktioner måste stänga ner. Premiärminister Boris Johnsson har själv varit smittad, och nyligen var president Trump i USA inlagd för coronasmitta, men han kom tillbaka förvånansvärt snabbt. Han hade fått en veritabel cocktail av mediciner som kunde ha effekt på sjukdomen, en behandling som en vanlig patient inte har möjlighet att få.

Många länder är mycket svårt drabbade, t ex USA och Brasilien. Indien har många smittade, men dödstalen är ändå rätt beskedliga. Man förmodar att det kan bero på att befolkningen är ganska ung, och många indier har varit utsatta för andra virussjukdomar som möjligen kan ge en korsimmunitet även mot coronasjukdomen.

Nya rön tyder på att det även i Sverige kan finnas viss korsimmunitet mellan virus besläktade med coronan och den aktuella farsoten.

Utvecklingen av vacciner går med stor hastighet. Ryssland har redan ett vaccin klart, men det lär ha varit lite si och så med testerna, och någon riktig fas III – studie har man inte gjort. Vårt svenska vaccin som Astra –Zeneca arbetar med, beräknas vara klart i januari. Man kan hoppas på vaccinet. Om man får det kan vi börja leva normalt igen, dvs gå till mataffären, kunna börja med orkesterrepetitioner, körsång, gå på konstutställning, konserthuset, Operan och olika jazzkonserter. Dessutom börja med gympan igen, och min fru kan gå på konstkurs. Framför allt ska det bli underbart att kunna träffa och umgås med vänner igen, och kunna träffa barn och barnbarn på ett naturligt vis. Ett litet udda problem för min del är att jag sedan i våras har slitit ut fyra par skor och inte kunnat gå till en skoaffär för att kunna ersätta någon av dem. Skorna var gamla och väl använda, och hade fått stå ut med att jag nu går långa promenader, ibland mer än en mil dagligen.

Nu har vi fått prova på vad livet som en eremit kan innebära, och vi har hunnit bli hjärtligt trötta på det.

Bild på nästa sida:

Författaren, som inte gått till frisören på hela året, förvandlades snart till en skäggig och långhårig vilde. Han skydde staden under sommaren och höll mest till på landet.   Där trivdes han gott – mitt i syrgasfabriken. Han sitter och ser sjön, och tänker " sehr schön"[3]. Efter denna bild så har hårmanen vuxit ytterligare.

---

[3] Betyder *mycket vackert* på tyska.

Sjukvårdens hjältar.

På våren 2020 drabbades Sverige som sagt av coronaepidemin. Särskilt under mars och april fick sjukvården mycket att göra, och många av de sjuka hamnade på intensivvården. Sjukvårdstält för extra vårdplatser slogs upp både i Stockholm och Göteborg, men behövde aldrig användas. Ändå fick de vårdanställda jobba övertid, och de fick ställa upp på många olika sätt. Många sjuksköterskor vidareutbildades i en hast för att kunna fungera som intensivvårdssjuksköterskor.

Personalen belönades bland annat med gratis mat som skänktes av restaurangägare. De fick naturligtvis övertidsersättning, och de hyllades av allmänheten. En del människor oroade sig över att gåvor skulle beskattas, och att hjältarna på så vis även skulle bestraffas för sina insatser. Jag hoppas innerligt att de inte får samma hårda straff som jag själv fått många gånger.

Jag erinrar mig flera gånger under min karriär då jag själv tvingats arbeta extraordinärt mycket under vissa perioder.

Då jag arbetade på Sandvikens lasarett som underläkare var jourerna ett särskilt problem. Underläkarna var inte specialistkompetenta, och de var tvungna att ha s. k samjour på nätterna. Det innebär att en ung läkare tvingas vara både kirurgjour och medicinjour samtidigt och dessutom vara ansvarig för förlossning. Inte nog med det, när öppenvårdsmottagningarna i staden stängde på kvällen hänvisades även dessa patienter till lasarettet och till den ende läkare som var i tjänst. Det blev inte mycket vila på dessa nätter, och dagen efter skulle man arbeta hela dagen som vanligt. Det gick an med vardagarna, men det fanns också helger att ansvara för. En modell var att en person hade fredag kväll och söndag kväll, och en annan person lördag och söndag med mellanliggande natt. Andra helger provade man med att samma jourhavande arbetade på fredag och sedan hade jour hela helgen. Efter det passet fick han fortsätta att arbeta på måndag. En ytterligare komplikation var att den unge, oerfarne läkaren knappt vågade kontakta sin bakjour. Varje klinik hade bara en överläkare och en biträdande överläkare, och dessa två erfarna läkare måste dela bördan av att ha bakjour. De måste vara beredda att rycka in varannan natt, och det är ju en nästan omänsklig börda, och underläkarna kände därför att de i det längsta måste undvika att störa bakjouren.

Även när jag arbetade som thoraxkirurgjour på Sahlgrenska kunde det vara mycket arbetsamma nätter. Vissa diagnoser medförde automatiskt att man fick stå på operation hela natten. Det var alltid arbete som vanligt dagen efter. Att ha en sådan jour i veckan var något som man helt enkelt måste, och faktiskt kunde stå ut med. Under semestertider räckte inte bemanningen till för normalt jouruttag, utan man måste periodvis ha två nattjourer i veckan. Detta är obeskrivligt tungt, och man hinner inte vila ut från en jour innan det är dags för nästa. Det är faktisk outhärdligt.

Kompensation för dessa jourinsatser utgår normalt i fritid så att läkaren ska hinna samla nya krafter. En annan modell är att kompensationen utgår i form av pengar. Det blir mycket pengar på papperet, men en sådan kompensation var det ändå ingen som ville ha. Det här var före skattereformen som politiker kom överens om under den "underbara natten" 1981. Nu fick den absolut slutkörde jourhavande doktorn en rejäl summa pengar brutto, men drabbades av 85 procents marginalskatt. Dessutom var skatteinbetalningen inte slut med detta. Vad doktorn än använde de kvarvarande slantarna till så hade han också indirekta skatter att betala. Arbetsgivaren gjorde sitt för att den arbetande doktorn skulle få hederlig kompensation, men doktorn blev istället rånad av staten. Vilken ordentlig örfil, eller ska vi kalla det en spark därbak? Ett rejält bakslag var det i alla fall. Skattesystemet var helt blint för vilka enorma arbetsinsatser som kunde ligga bakom en viss inkomst. Det var ju en arbetsinsats man var helt tvingad till, hade det varit frivilligt hade man tackat nej. Samtidigt som man hade denna skatt att betala så måste man också betala av på sin studieskuld. Trots denna stora skatt som man betalade var man inte berättigad till samhällsservice på lika villkor. Minns jag rätt så hade jag högsta taxan att betala för barnomsorgen. Man kunde kanske tycka att efter att ha betalat sin skatt hade man väl förtjänat att få betala samma summa som andra. Om det varit en ren slump att någon plötsligt drog in mycket pengar skulle enorma marginalskatter vara befogade. Att arbeta mycket intensivt och länge verkar i Sverige vara någonting straffbart, något som måste bekämpas med höga bötesbelopp. Om det någon gång händer att skatter sänks är politikerna noga med att de personer som tjänar minst ska få mest nytta av skattesänkningen. Det är ju på sitt sätt förståeligt. Annars kunde man ju lätt tycka att de som betalar allra mest i skatt skulle vara berättigade till att också profitera mest på en skattesänkning. Terminologin avslöjar hur man tänker. Det finns nämligen "höginkomsttagare" som måste klämmas åt. Det verkar som om de "tar" en stor summa pengar, och att det jämställs med stöld. Straffet måste bli därefter. Hårt, skoningslöst. Vi kanske borde ha en kompletterande term, nämligen högskattebetalare, så att även dessa personer får lite förståelse.

En "hissnande" upplevelse

Götaplatsen är göteborgarnas kulturella centrum med konserthus, konsthall, konstmuséum och teater. Bakom sig har dessa byggnader dessutom Artisten med utbildningar och föreställningar, samt det nu ännu mer imponerande universitetsbiblioteket. Götaplatsen pryds av den brutalt vackre och nytvättade Poseidon med en fisk i näven, omgiven av vattenstrålar, men misspryds något av den s.k. biltvätten mitt i gatan, där man tvingats sätta upp plexiglasskivor för att undvika olyckor. Konstmuseet är den mest imponerande byggnaden, som får en särskild elegans av den breda stentrappan som leder upp till den. Man kan stå där högst upp och kunna se längs med avenyn ända tills gatan kröker sig. Man kan ändå ana "älva" långt borta. Stadsbiblioteket i nyrenoverad tappning bidrar också till områdets höga kulturella status.

Någon gång har konstmuseet misssprytts av bokstäver alldeles under takkanten, bildande texten *Pizzeria*. Det är då någon konstnär som gjort sig lite märkvärdig och fått hålla på med sin barnsliga lek under förevändning att det skulle vara stor konst.

Jag har ofta tagit en tur genom museet och njutit av utställningar, permanenta som tillfälliga. Ibland har det varit en jazzkonsert, som jag

123

velat lyssna till. I salen långt in där konserter har hållits, brukar olika tillfälliga utställningar hängas. Jag gick en gång in där för att njuta av konst av en konstnär som jag inte kände till. Ansvariga för utställningen hade satt upp en rad med skyltar som berättade fakta om konstnären och många av verken.

Jag läste skyltarna med stort intresse, men blev plötsligt stående där mitt på golvet, som fastfrusen, en känsla av undran och overklighet grep mig. Hur skulle jag tolka texten? Där stod om konstnärens skapelser "Att uppleva NN:s verk kan vara en rent hissnande upplevelse".

Jag tappade hakan. Ordet framför upplevelse var felstavat, här mitt i kulturens högborg! Ordet borde bara innehålla ett "s". Kunde det rent av vara avsiktligt? Tavlorna hängde i två plan, ville skyltförfattaren antyda att det är som att åka hiss från det ena till det andra? Var det en dumhet som skulle vara konstnärlig, något i stil med att falskskylta byggnaden som "Pizzeria"? En slags vits kanske? Felstavning upphöjd till konstverk?

Det var en ganska liten grupp människor i salen, som släntrade runt helt avslappnade. Ingen mer än jag stod just då framför den remarkabla skylten. Ingen pekade finger och grimaserade menande, ingen låg och rullade sig på golvet av skratt. Jag måste till slut acceptera tanken att den högkulturella person, som gjort manuskriptet till skylten, inte kunde stava rätt på svenska. Var det utställningens curator? Inte heller någon av dem som rent praktiskt hade tryckt ut och monterat texten kunde stava, men de hade förstås litat på curatorn.

Det fanns ingen personal i utställningslokalen. Jag hade tänkt påpeka felet, men inte förrän vid biljettluckan innanför entrén fann jag någon person att tala med. Jag ville tala om för biljettförsäljerskan vad jag tyckte om att självaste Konstmuseet med stort K visade felstavade skyltar. Hon borde vidarebefordra anmärkningen till en högre instans, som kunde göra något åt det.

Nu blev det full fart på henne. Hon kastade sig frenetiskt över sin dator och sökte på nätet efter felstavningar av ordet, som hon skrev in precis som det stod. Naturligtvis fann hon massor med felstavningar på nätet, folk skriver ju in vad de tror är rätt, och i många fall blir det direkt fel. Hon rätade på ryggen och hade fått ny styrka och självförtroende. Med stor emfas framhöll hon att stavningen var alldeles riktig, och att det tydligen var jag som fått det hela om bakfoten. Jag skakade på huvudet och avlägsnade mig. OK, tänkte jag, de får väl behålla sin jäkla felstavade skylt då, eftersom det är på det viset att den här människan inte kan ta reson. Tyvärr tog jag inte kontakt med någon ansvarig högre upp i hierarkin, som jag nog borde ha gjort. Sedan dess har jag ofta undrat om hela utställningstiden gick utan att någon åtgärdade felet. Varje gång jag hädanefter i text ser ordet *hisnande* erinrar jag mig episoden och känner rysningar längs ryggraden. Det är nästan en hisnande känsla.

Fyra bagateller

Ficktjuven.

Luigi Pantaloni (1913- 1957) har med rätta kallats ficktjuvarnas konung. Under sin livstid reste han runt i hela Europa och stal alla fickor han kunde komma över. Särskilt trivdes han på marknader med mycket folk. Mången turist som haft plånboken framme för att betala något, fann plötsligt till sin förvåning att plånboken, som han trodde sig stoppa i bakfickan, bara föll till marken eftersom fickan nu saknades. Kirurgisk skalpell eller skräddarsax var de verktyg med vilka Pantaloni snabbt, effektivt och ljudlöst avlägsnade utanpåliggande fickor.

Han var lika förtjust i byxfickor som fickor i kavajer, jackor och uniformsrockar. Även kjortelfickor försvann där Pantaloni drog fram. Vid gripandet i hans hem i Genua 1955 erkände han genast. Vad annat kunde han göra med alla väggar täckta från golv till tak med uppspikade, stulna fickor? Antalet uppskattades till omkring 5700, och utgjorde hans livsverk, som han varit mycket stolt över fram till gripandet.

Han dömdes till många års fängelse, men överlevde inte fängelsetiden, pga leda och tappad livslust. Till detta bidrog möjligen att det av säkerhetsskäl inte fanns några fickor i fängelsekläderna.

Åldersnoja

Jag vägrar att känna mig gammal, och jag fortsätter som förut med allt i mitt privatliv. Först får jag sparken från jobbet av åldersskäl vid 67, men jag skaffar mig nytt innehåll i livet med gympa och mina orkesterrepetitioner. Dagar jag inte har gympa går jag promenader eller liknande. Inuti tror jag att jag är densamme, men det kan inte hjälpas att kroppen blir svagare. Det tar emot att medge detta, men nu är jag inte längre 67 utan 76. Jag har märkt ett par gånger att det är motigare att gå i uppförsbackar, och jag sätter mig och vilar på en bänk om det finns någon.

En dag observerade jag något som faktiskt hänt mig förut. Jag gick runt i Slottsskogen, och som första mål hade jag det gamla observatoriet. Det ligger på en rätt hög kulle, och det är rejält uppför för att ta sig dit. På återvägen tog jag en annan väg, och tittade på ett djurhägn, stack upp till högt belägna rastplatser för att se utsikter, och den branta vägen jag nu tog kallades Bergsstigen, ett namn som passade alldeles utmärkt.

Av muskelansträngningen känns det ibland i lårens framsida, och ibland känns det på deras baksidor, och det kan även smärta till lite i ena skinkan. Det är inte så konstigt för skinkorna är ju stora muskler Det stack som sagt till ordentligt på ovannämnda ställe. Jag tycker verkligen att det är tarvligt av ålderdomen att så fräckt bita mig i röven.

Den lilla sjungande svampen

Kantarell – gul, trattformad ätlig svamp, vanlig i svenska skogar. Ursprungligen cantarelle, från italienskans "cantare" – sjunga - och "elle" – en diminutivändelse som betyder liten.

Kan översättas med den lilla sjungande svampen. Benämningen tros härröra från det välkända fenomenet att vid snabb upphettning i stekpannan, pressas luft ut ur porerna med ett pysande eller "sjungande" ljud.

Gick ni på det? Det var bara ett skämt. Ordet kommer från grekiskan och betyder liten bägare.

Bucket Mute Fastening Device

Reklamannons:

Trombonister!

Nu är den här, den efterlängtade lösningen på problemet med bucket-sordiner som inte sitter fast ordentligt. **Dernevik Venture Group in Music (DVGM)** lanserar nu lösningen: vår nykonstruerade *Bucket Mute Fastening Device*, som i ett slag eliminerar problemet, se bifogad bild. Det är också mycket lätt att snabbt ta av sordinen genom en inbyggd "Quick release mechanism". Devicen kan alltid sitta på trombonens klockstycke. Då den inte används stör den inte heller det allra minsta. Den är dock alltid på plats när den behövs. Bland trombontillbehör hör den till de absolut mest prisvärda, och vikten är obetydlig. Den får lätt plats i gigbagen om man inte vill ha den permanent monterad på klockstycket. Ingen behöver avstå från den av prisskäl. Den kan också erhållas i flera glada färger. Offert skickas på begäran.

För DVGM
Leif Dernevik VD

Pekpinnen pekar på själva produkten som effektivt håller ihop hakarna på sordinen. Låt er inte luras av att den är förvillande lik en vanlig gummisnodd!

Udda visor

Här följer några exempel på latinska översättningar av sånger jag gjorde när jag gick på latinlinjen. Vitsen med översättningarna var inte att jag skulle översätta texterna så noga som möjligt, utan att de skulle vara sångbara med originalmelodin. Då får man ändra lite, och allt kanske inte kommer med. Hallå latinofiler därute, här är något att roa sig med! I några fall fick jag till någon slags rim. Originaltiteln är understruken. Jag kom att tänka på dessa när min äldste son Markus ville lära sig lite om latin. Dessa små texter är därför framtagna ur minnet efter drygt 50 år, ingen var uppskriven.

OH, where have you been, Billy Boy, Billy Boy?
Oh where have you been, dear Billy?
I have been to seek a wife, she´s the joy of my life.
She´s a young thing and cannot leave her mother.

Ubinam fuisti, Puer Bill, Puer Bill,
Ubinam fuisti care Puer?
Requisivi feminam, nuptam meam futuram,
est iucunda, sed manet apud matrem.

Gamle Svarten, kamrat på vida färden,
Gamle Svarten, den bäste här i världen.
När din vandringstid är över, väntar gröna ängars klöver,
på dig, min trogne gamle vän.

Hovarna slå, muntert mot vägens sten,
Vad gör det att jag är trött och timmen sen?

Hemåt det bär över berg och mo,
hem till stugan i dalens ro,
och stjärnor lysa vägen till vårt lilla bo.

Senex Niger, comes itineriis,
Senex Niger, optimus hoc in mundo.
Ambulatione facta, expectat te camporum pratum
Si libet, fidele amice!

Pedes pellunt laete saxulae viae,
non maero me fessum et tempus tardum.
Ed eam eamus ex montibus
In hanc villam in hac vallem
Et stellae ducunt nos ad parvulum domum.

Du är min hela värld
Mitt längtans mål, / mitt hopp, mitt allt./
Du är min hela värld,
min kärlek tog i dig gestalt!

Tu es mundus meus, destinatum desiderii
Tu es mundus meus,
formatum est amor in te!

Orden mellan / / fick helt enkelt inte plats i sångens meter utan hoppades över. *Mitt längtans mål* tog för stor plats.

Haralds visa

Min far Harald, folkskolläraren, sjöng många visor, mest på svenska. Han var en god underhållare och sjöng i körer och i en mycket bra manskvartett som var flitigt anlitad. Han spelade gitarr, lite fiol och ännu mindre piano.

Jag minns särskilt en sång som skiljer sig från de flesta därför att pappa själv gjort texten.
Originalet heter *Fröken Chic*, och den kan man höra på youtube framförd av Sickan Carlsson. Med hennes hjälp lär man sig melodin och kan sjunga sången.

Texten handlar om en mycket elegant kvinna. Pappas text är ironisk och rolig. Tyvärr kommer jag inte ihåg allt. Detta är vad jag minns.

Jag ner till stranden vågade mig fram
Från stadens rök och damm
För jag ville preparera min bedrövliga gestalt
Med sol och luft och salt.

På stranden var det fullt på var kvadrat
Och likaså i spat.
Jag låg klämd emellan tvenne kolossala bakpartin
Precis som en sardin.

Refräng:

Titta blott på min figur!
Klämd och bucklig eller hur?

Man borde ha ett eget litet rum
I ett akvarium.

(refrängen går två gånger)

Vi klädde av oss fritt och familjärt,
Det lyste blått och skärt
Och en tröja i frotté låg och fladdrade breve
En bomullskvalitet.

Det var så bökigt och det var så dant,
En närsynt gammal tant
Slet och ryckte i min skjorta och bedyrade så gällt
Att det var hennes tält.

Refräng igen

En unge öste sand i mina skor
Tillsammans med sin bror
När han ville gå och kissa då sa grabbens mamma att
Vi tar och lånar farbrorns hatt.
....
....

Denna vers kan jag tyvärr inte erinra mig mer av. Det har gått många
decennier sedan jag hörde sången sjungas och jag har inte hittat
någon inspelning eller nedteckning. Jag tycker dock att det som jag kan
minnas är värt att ta tillvara.

I somras var det så varmt att man kunde gå riktigt tunnklädd.

Trädkramare? Nej , det är mesigt. Trädvridare är vad jag är.

Tidigare utgivet av samme författare:

En olycklig rysk kompositör, en bortglömd svensk jazzpianist och andra musikaliska typer.

Minbok.nu 2015. Slutsåld

Kniven i bröstet Äventyr med thoraxkirurgi

Minbok.nu 2017. Slutsåld

Läkarväskans hemligheter En kåserisamling

BoD 2018

Fragment och Fantasi

BoD 2019

Moving Big Band i Indien 2020

BoD 2020